成林　程章燦　注譯
黃志民　鄭采芸　校閱

新譯詩品讀本

三民書局

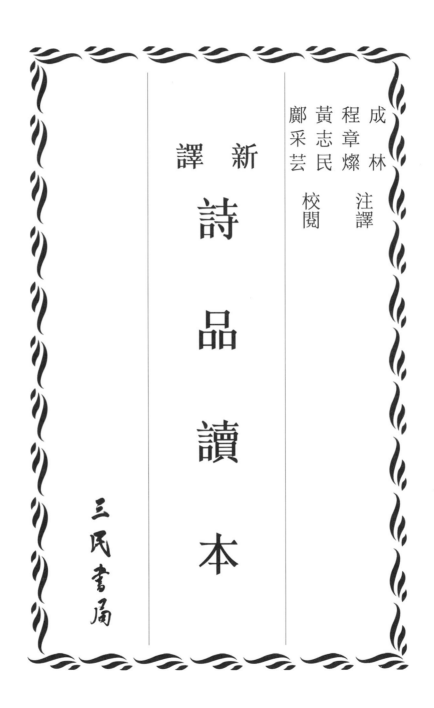

國家圖書館出版品預行編目資料

新譯詩品讀本／成林;程章燦注譯;黃志民;鄺采芸校閱.——二版三刷.——臺北市：三民，2023
面；　公分.——(古籍今注新譯叢書)

ISBN 978-957-14-3789-7（平裝）
1.中國詩 2.五言詩 3.詩評

821.83

古籍今注新譯叢書

新譯詩品讀本

注譯者｜成 林　程章燦
校閱者｜黃志民　鄺采芸

發行人｜劉振強
出版者｜三民書局股份有限公司
地址｜臺北市復興北路 386 號 (復北門市)
臺北市重慶南路一段 61 號 (重南門市)
電話｜(02)25006600
網址｜三民網路書店 https://www.sanmin.com.tw

出版日期｜初版一刷 2003 年 5 月
二版一刷 2008 年 7 月
二版三刷 2023 年 3 月
書籍編號｜S032290
ISBN｜978-957-14-3789-7

三民書局

刊印古籍今注新譯叢書緣起

劉振強

人類歷史發展，每至偏執一端，往而不返的關頭，總有一股新興的反本運動繼起，要求回顧過往的源頭，從中汲取新生的創造力量。孔子所謂的述而不作，溫故知新，以及西方文藝復興所強調的再生精神，都體現了創造源頭這股日新不竭的力量。古典之所以重要，古籍之所以不可不讀，正在這層尋本與啟示的意義上。處於現代世界而倡言讀古書，並不是迷信傳統，更不是故步自封；而是當我們愈懂得聆聽來自根源的聲音，我們就愈懂得如何向歷史追問，也就愈能夠清醒正對當世的苦厄。要擴大心量，冥契古今心靈，會通宇宙精神，不能不由學會讀古書這一層根本的工夫做起。

基於這樣的想法，本局自草創以來，即懷著注譯傳統重要典籍的理想，由第一部的四書做起，希望藉由文字障礙的掃除，幫助有心的讀者，打開禁錮於古老話語中的豐沛寶藏。我們工作的原則是「兼取諸家，直注明解」。一方面熔鑄眾說，擇善而從；一方面也力求明白可喻，達到學術普及化的要求。叢書自陸續出刊以來，頗受各界的喜愛，使我們得到很大的鼓勵，也有信心繼續推廣這項工作。隨著海峽兩岸的交流，我們注譯的成員，也由臺灣各大學的教授，擴及大陸各有專長的學者。陣容的充實，使我們有更多的資源，整理更多樣化的古籍。兼採經、史、子、集四部的要典，重拾對通才器識的重視，將是我們進一步工作的目標。

古籍的注譯，固然是一件繁難的工作，但其實也只是整個工作的開端而已，最後的完成與意義的賦予，全賴讀者的閱讀與自得自證。我們期望這項工作能有助於為世界文化的未來匯流，注入一股源頭活水；也希望各界博雅君子不吝指正，讓我們的步伐能夠更堅穩地走下去。

新譯詩品讀本 目次

卷中

卷　下

導讀

一、《詩品》的寫作背景

西元六世紀最初二十年，中國誕生了兩部偉大的文學理論批評著作，一部是劉勰的《文心雕龍》，另一部就是鍾嶸的《詩品》。《詩品》是中國文學史上第一部專論五言詩的理論批評著作。它出現在南朝梁代，不是偶然的。

中國詩歌的發展從《詩經》以來，到南朝梁代已經有一千多年的歷史了，但五言詩的歷史並沒有那麼長。《詩經》的作品以四言為主，《楚辭》中比較多的則是六言和七言句式。在這兩部最早的詩歌總集中，雖也有若干五言句子，但在句法構造上既不純粹，在總體數量上，五言也不佔主導地位。五言詩的出現，是在西漢時代。如果用〈詩品序〉的話說，那就是「逮漢李陵，始著五言之目矣」。如此算來，到鍾嶸的時代，五言詩也只有六百餘年的歷史。

在五言詩出現和發展的時候，中國文學發展已經相當全面而成熟。詩歌體系中，〈風〉、

〈騷〉兩個傳統早已樹立，散文則在先秦時代即於諸子散文和歷史散文兩方面取得令人矚目的成就，並在漢代綻放出政論散文和史傳散文兩支新葩。賦作為新興的文體，在漢代更取得了長足的發展，在景物描寫、形容鋪敘等方面，都積累了相當豐富的經驗。這一些，無疑都為漢以後五言詩的發展奠定了良好的基礎。

五言詩出現和發展的時代，也正是文學觀念逐漸明晰、文學自覺意識和文人自覺意識逐漸確立的時代。現在通常把漢末建安時代確立為文學自覺的時代；其實，文學自覺是一個漸進的過程，漢代賦家——特別是後漢賦家——持續的創作實踐和不懈的藝術努力，是促使這一進程早日實現的重要因素。在這種時代文化思潮的激盪下，文士們進一步意識到文學的價值，而更加積極地傾力於詩歌——特別是五言詩創作。一些當權者，如三國魏氏三祖（魏武帝曹操、魏文帝曹丕、魏明帝曹叡）以及南朝的許多君主藩王，也沾染時風，以倡導風雅、鼓扇詩風為尚，又為詩歌——特別是五言詩的發展，營造了一個有利的外部環境。

與古老的四言詩和騷體詩相比較，五言詩是一種新的詩體。在節奏上，它不像四言詩那樣徐緩沉重，也比騷體詩更加輕捷明快。它在藝術上蘊含著巨大的潛力，具有廣闊的發展空間。漢末建安以後，這一詩體吸引了越來越多富有才華的詩人，在詩壇和文壇上佔據了越來越重要的地位。因此，鍾嶸在〈詩品序〉中提出：「五言居文辭之要，是眾作之有滋味者也。」可以說，這六百餘年的詩歌史，主要就是五言詩的發展史，是五言詩的力量日益壯大、形式日益成熟的歷史。如果說，魏晉二代，詩賦二體的力量基本上不相上下，在建安時代，賦略佔優勢，延至兩晉，詩的力量則已漸漸上升；降及南朝，五言詩顯然已蔚為大國，成為當時第一重要的文體。從《詩品》所評述的眾多詩家中，我們不難想像當時五言詩創作的盛況。

這一盛況，不僅表現在詩人的數量上，也表現在詩體、內容與風格的多樣上。漢末建安、晉太康、宋元嘉、齊永明、梁天監，先後出現了多次詩歌創作的高潮，其間間隔並不太長；宴遊詩、贈答詩、遊仙詩、玄言詩、山水詩、永明體，諸種詩體相繼出現，各領風騷；不同風格的詩人競相爭妍，蔚為壯觀。在這一過程中，無疑會積累許多創作經驗和心得體會；詩家文人、好學之士也不免要發表若干意見，評說高下，點定優劣。這些意見，或即興而發，隨風而逝；或筆之於錄，斷鴻零爪；或散見於其他著作，熠熠閃光。〈詩品序〉中提到的陸機〈文賦〉、李充《翰林論》、王微《鴻寶》、摯虞《文章流別志》、張隲《文士傳》，都或多或少地涉及到五言詩，但它們並不是專論五言詩，除了〈文賦〉，傳世的也都不過是殘篇斷簡。鍾嶸《詩品》則是第一部專門評論五言詩並且流傳至今的著作，它誕生於上述諸書之後，在一定程度上吸收了諸書之長，亦因此奠定其在中國文學批評史中不可抹滅的地位。

二、鍾嶸及其文學觀

鍾嶸（西元四七一？～五一八年？），字仲偉，潁川長社（今河南長葛）人。從後漢開始，潁川鍾氏就是郡中大姓；魏晉之時，鍾氏人才最盛，鍾繇、鍾雅等人仕宦顯達。鍾嶸出身在這樣一個世代官宦的高門士族家庭裏，從小就受到很好的傳統文化教育；青年時代，就入國子學為國子生。但後來，他的仕途並不很順利，大部分時間只是擔任一些文職幕僚。出仕之初，他擔任的是南康王侍郎，升遷為撫軍行參軍，出為安國令；南齊末年，他正在司徒行參軍任上。梁初，遷中軍臨川王行參軍，後來又被寧朔將軍衡陽王蕭元簡引為記室，專掌文翰；卒於西中郎晉安王蕭綱記室任上。

鍾嶸對《易》學、儒學、玄學，都頗有研究。在詩學上，更有自己的獨特思考和見解。他的青年時代，正當南齊永明年間。沈約、謝朓、周顒、王融等人倡言聲律之說，「約等為文皆用宮商，以平上去入為四聲，以此制韻，不可增減，世呼為『永明體』。」（《南齊書・陸厥傳》）當此之時，四聲八病之說盛極一時。鍾嶸雖然曾與謝朓、王融諸人為論詩之友，但在聲律問題上，與謝、王諸人的觀點並不相同。事實上，他不贊成沈約等人提出的主張，對於沈約等人矜為獨得之祕、誇為偉大發現的自我宣傳，他甚至有些反感。同時，處於新變之中的齊梁文壇，也顯露了不少值得注意的新動向；在鍾嶸看來，詞采過於縟麗和用典過於繁密，就是應當警惕的現象。《詩品》一書的寫作，固然是為了梳理歷史，總結經驗，表彰昔日的成績和榮耀，更是針對詩壇現狀，提出預警和針砭。

齊梁詩壇，在鍾嶸看來，屬於當代文學，猶未成為歷史。但他對於歷史和現實，卻是同樣重視。他曾批評西晉永嘉詩壇「理過其辭，淡乎寡味」，批評東晉孫綽、許詢等人的詩作「皆平典似《道德論》」，也對齊梁以來詩壇上的問題，提出尖銳的批評。他敏銳地察覺到，晉宋以來社會上詩風越來越盛的表相，也掩蓋了很多弊端，例如，劉宋大明、泰始中「文章殆同書抄」的風氣，梁代詩壇名家任昉、王融等人「詞不貴奇，競須新事」的作風，這些對詩歌的健康發展為害甚大。鍾嶸一再強調，詩歌創作貴在自然，貴在寫「即目」、「所見」，不必專尚用典、炫耀學問。同時，鍾嶸還指出，傳統詩論常講賦、比、興，「若專用比興，則患在意深，意深則詞躓。若但用賦體，則患在意浮，意浮則文散，嬉成流移，文無止泊，有蕪漫之累矣」，只有適當地將三者配合起來，調劑得當，才能寫出好的詩歌。對於當時詩壇上正在流行的沈約、王融等人所提倡的四聲八病之說，鍾嶸沒有隨聲附和，而是堅持自己的看法。他認為，四聲八病之說絕沒有王、沈等人說的那麼深不可測，而流俗卻隨風而靡，以致「士流景慕，務為精密，襞積細微，專相陵架。故使文多拘忌，傷其真美」。實際上，鍾嶸並不是一概反對詩歌的聲律效果，而是不滿於八病的煩瑣律條，他明確表示：「平上去入，則余病未能；蜂腰鶴膝，閭里已具。」為了補偏救弊，他提出了旨在折衷的自然聲律說：「余謂文製，本須諷讀，不可蹇礙，但令清濁通流，口吻調利，斯為足矣。」這再次證明，鍾嶸理想中的詩歌是自然真率的。在當時一片聲律風中鍾嶸幾乎是孤軍奮戰的；唐代以後，格律體詩歌正式確立，他的觀點更不為人所理解。也許正是由於這一方面的原因，導致了《詩品》在唐宋時代的不顯。

三、《詩品》內容大要

歷史上通行的《詩品》版本，於上、中、下三品之首，各有一篇序言。這樣，《詩品》一書就有三篇序。有的人將第一篇序作為全書的序，第二、三篇序分別作為中品和下品的序。清人何文煥編輯《歷代詩話》時，將三篇序文合而為一，於是，現代通行的《詩品》的注本，從陳延傑《詩品注》到許文雨《鍾嶸詩品講疏》，都沿用何文煥的體例，篇首是一篇長篇序言，隨後依次是上、中、下三品。這其實並不符合《詩品》結構的原貌。研究《詩品》的學者一般認為，序文中從「氣之動物」到「均之於談笑爾」，也就是舊本所謂「上品序」，實際上是全書的總序，應該置於全書之前，或者按古書序言的慣例位置，放在全書的最後；從「一品之中，略以世代為先後」到「方申變裁，請寄知者爾」，也就是舊本所謂「中品序」，實際上是上品的附論，應附於上品之後；而從「昔曹、劉殆文章之聖」到「文采之鄧林」，也就是舊本所謂「下品序」，實際上是中品的附論，應置於中品之後。由此可見，鍾嶸《詩品》在結構上確實頗為別致。現代通行本將三序匯總置於卷首的作法，雖然不合《詩品》原貌，也不是鍾嶸的本意，但卻便於讀者集中了解鍾氏的詩學思想，有其長處，況且這種結構處理相沿已久，因此，本書仍將三序合一，統置卷首，並統稱之為〈詩品序〉。

在〈詩品序〉中，鍾嶸系統地表達了他的詩學觀點。他首先論述了詩歌的產生及其功用，重申「氣之動物，物之感人，故搖蕩性情，形諸舞詠」的傳統說法。他認為，詩不僅可以用來描寫自然界萬物和節序的變遷，用以記錄內心的不同感觸，馳騁性情，而且「可以群，可以怨，使窮賤易安，幽居靡悶」，「動天地，感鬼神，莫近於詩」。他特別重視詩的興發感動作用，這決定了他對詩史的認識和詩壇現狀的評判。《詩品》一書正是在這樣的認識基礎上完成的。在序文中，他接著描述了五言詩的產生及其發展歷史。認為五言詩雖然濫觴很早，但正式形成，是從漢代李陵開始。對李陵和班婕妤詩的真偽，當時人有不同的看法，劉勰《文心雕龍・明詩》就曾表示過懷疑，鍾嶸則傾向於信以為真。對李陵以降的歷代五言詩人，鍾嶸在三品正文中已有具體評論。〈詩品序〉主要對自漢迄梁的五言詩的盛衰起伏，提出一段十分精要概括的描述。對歷史上的建安之盛、太康中興、永嘉以後的玄言風氣、元嘉詩壇，鍾嶸在序中都有論評，言簡意賅，等於是一篇梁以前的五言詩小史，和《文心雕龍・明詩》同樣是研究這一段詩史最重要的文獻。

《詩品》正文，分三品論析漢至梁代五言詩人，共六十二條。其中上品十二條，論詩人十一家，外加古詩；中品二十一條，論詩人三十九家；下品二十九條，論詩人七十三家，計一百二十三家（古詩不以一家計）。這種品第高下的作法，在當時的文藝批評中相當流行，它的遠源是班固《漢書・古今人表》中的九品評人的作法，近源是魏晉以來社會上實行的九品中正制以及品鑑人物的風氣。此外，《詩品》正文和序言有很明確的分工，關於詩歌的功用、各個時代的詩壇風貌，對流弊的指摘，對詩歌作法的總結，序言中皆已涉及，正文品評中就較少涉及。品評文字側重詩人的成就與地位的評價，側重其語言藝術形式及其風格特點，追索各自的藝術淵源，描述他們的風格特徵，往往言簡意賅。整體而言，序言和品評相輔相成，相得益彰。

《詩品》特別重視追溯詩人的藝術淵源，品評文字中的第一句，往往單刀直入，指明詩人源出於某家。這一溯源，凝聚了作者對五言詩歌歷史發展的系統認識。按照書中所論，歷代詩人之間的源流承傳關係，略如下表所示：

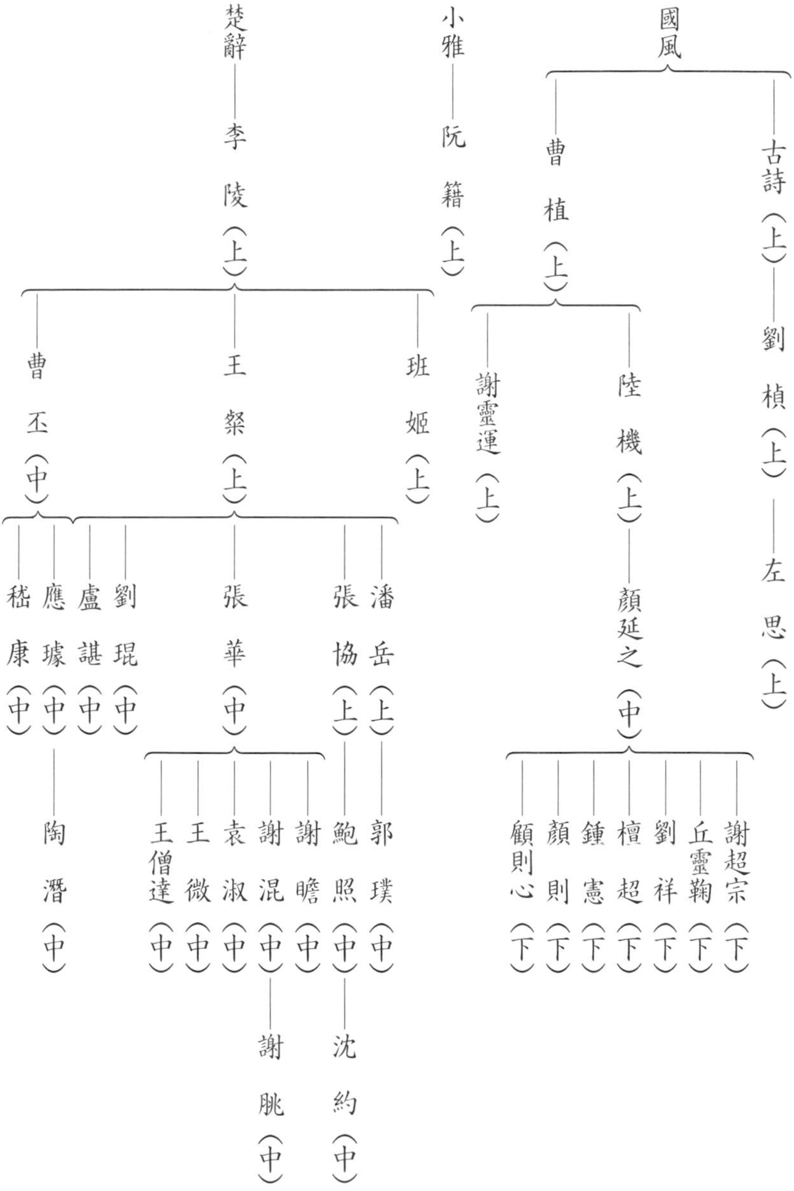
國風
古詩（上）
劉楨（上）
左思（上）
曹植（上）
陸機（上）
謝靈運（上）
顏延之（中）
謝超宗（下）
丘靈鞠（下）
劉祥（下）
檀超（下）
鍾憲（下）
顏則（下）
顧則心（下）
小雅
阮籍（上）
楚辭
李陵（上）
班姬（上）
王粲（上）
曹丕（中）
潘岳（上）
郭璞（中）
張協（上）
鮑照（中）
沈約（中）
張華（中）
謝瞻（中）
謝混（中）
謝朓（中）
袁淑（中）
王微（中）
王僧達（中）
劉琨（中）
盧諶（中）
應璩（中）
陶潛（中）
嵇康（中）

四、《詩品》體例及批評方法

（一）體例

《詩品》在體例上第一個鮮明的特點是專論五言詩。〈詩品序〉指出：「夫四言，文約易廣，取效〈風〉〈騷〉，便可多得。每苦文繁而意少，故世罕習焉。五言居文辭之要，是眾作之有滋味者也，故云會於流俗。……嶸今所錄，止乎五言。」在鍾嶸看來，四言詩雖然曾經盛極一時，當時的一些重要場合例如郊廟祭祀歌辭中還少不了這種詩體，但這種體制自身也有弱點，在當代詩歌創作中已不佔據要津。西晉時代，正統而偏於保守的文論家摯虞還稱四言以外的詩體「非音之正」（《文章流別志》）。但五言畢竟是一種新興的詩體，它的形式靈活多變，發展迅速，到了梁朝，人們對它的態度就有所改變了。劉勰《文心雕龍・明詩》：「若夫四言正體，則雅潤為本；五言流調，則清麗居宗。」從歷史的角度說，它不是正體；從現實的角度說，它正是社會上流行的體調。《文心雕龍》顯然已經承認了五言詩的地位，肯定了五言詩已經取得的成就，但這部書並不是專門討論五言詩的。相對而言，《詩品》對這一詩體的論述無疑可以更加集中，更加深入細緻；對於研究梁以前的五言詩，它也有著更重要的意義。

《詩品》在體例上第二個鮮明的特點，是分上、中、下三品，來品第歷代詩人的優劣。在分品論詩的過程中，《詩品》還貫徹了兩個原則。首先是：「一品之中，略以世代為先後，不以優劣為詮次。」也就是說，同一品之中的詩人，不按優劣，只按時代的先後順序排列。但在實際操作中，個別地方與這一條例不盡相合。例如，中品應璩所在的位置，與其世次不合。中品謝混、下品應瑒、繆襲等人在各自所在的條目中的位置，也與世次不合。這可能是一種變通處理，其中可能含有作者的某種特殊考慮。其次是：「其人既往，其文克定。今所寓言，不錄存者。」即蓋棺論定，對於猶然在世的當代詩人暫不置評，這既是一種傳統作法，也表現出鍾嶸論詩態度的嚴肅。

（二）批評方法

《詩品》論到的全部一百二十三家詩人中，彼此之間有著明確淵源關係的，鍾嶸已經一一指出。當然，某些詩人的淵源所出不限於一家，其所受的影響既有來自縱向的，亦有來自橫向的，鍾嶸也不忽視這種複雜性，如指出鮑照源出於二張，陶潛出於應璩，又協左思風力等。但總的來看，鍾嶸的論述主要是縱向的，而追蹤其淵源，最終都匯總到三個源頭，那就是〈國風〉、〈小雅〉和《楚辭》。〈國風〉和〈小雅〉都屬於《詩經》的一部分，因此，這三個源頭所指示的，實際上就是《詩》、〈騷〉這兩個源頭，這是中國詩歌同時也是中國文學永世不竭的泉源。這種評論方法，呈現了鍾嶸獨特的詩歌史觀。

正如前表所示，〈國風〉、〈小雅〉和《楚辭》及在它們影響下的詩人，形成了三個系列，從廣義上說，這三個系列實際上就是三個詩派。因此，這可以說就是後代詩文評著作中以詩派論詩的濫觴。晚唐張為作《詩人主客圖》，將中晚唐詩人分為六派，分別以白居易、孟雲卿、李益、鮑溶、孟郊、武元衡為「宗主（主）」，其下分上入室、入室、升堂、及門等四等，都屬於「客」，其思路和作法分明與鍾嶸如出一轍。這一點張伯偉《鍾嶸詩品研究》論述較詳，可以參看。

在每一條品評文字中，鍾嶸對於詩人之間的源流關係的確定，大多數是言出有據的，也是令人信服的。但也有一些說法，在今天看來，顯得比較難以理解，例如說陶淵明詩「源出於應璩」，就頗有爭議，這可能是因為鍾嶸所據以立論的詩歌史料至今多已失傳，也可能是因為作者未及細加闡述，還可能是因為他的視角和標準與我們迥然不同。至於《詩品》給詩人排定的品次，後人不能理解或提出異議的更多：從宋代葉夢得《石林詩話》開始，幾乎歷代都有人在這方面指責鍾嶸不公正。尤其是《詩品》把曹操列於下品，把陶淵明、鮑照、謝朓列在中品，很多人為這些傑出詩人抱不平；而《詩品》把徐幹、謝莊、王融、湯惠休等人列在下品，把劉楨、王粲、潘岳、陸機列在上品，也有許多人表示很難接受。其實，這裏面既有詩學觀點上見仁見智的問題，更重要的則是，鍾嶸所處的時代文學風氣與今天本有很大不同，鍾嶸所佔有的詩學文獻史料也比今人所能見到的多得多。事實上，從文獻史料價值上說，《詩品》本身即是一部不可忽視的重要著作。書中所記漢魏六朝詩人、詩句、軼事，有不少是僅見於本書的。例如下品區惠恭一條所記區氏事跡、詩作、軼事，都不見於其他文獻記載，可謂彌足珍貴。

《詩品》論詩的文字，簡淡雋永，頗有文采，有些片段讓人聯想到《世說新語》〈賞譽〉〈品藻〉等篇中的文字，這也是《詩品》深受漢魏以來人物品評影響的另一層面。它的每一篇短評，猶如史書中的傳記，其中有的是專傳，每人一篇，比如上品諸人；有的是合傳，二人或多人合為一篇，彼此之間往往有著密切的聯繫，如東漢的秦嘉、徐淑既是夫婦，又有贈答詩，西晉劉琨、盧諶則是主屬關係，二人之間也有贈答詩；還有一種是類傳，同一傳中的詩人往往在某一方面情況類似，如中品謝瞻以下五人都是源出於張華，下品「宋孝武帝」條三人都是宋朝皇族，而「宋惠休上人」條三人則都是（或曾經是）詩僧。在這一方面，《詩品》顯然受到史傳著述體例的啟發。整體而言，專傳的地位高於合傳和類傳，所以，上品十二條全部是專傳，下品的合傳、類傳最多，中品居中。

此外，鍾嶸在強調五言詩體的歷史地位時，曾說過一句名言：「五言居文辭之要，是眾作之有滋味者也。」這種以滋味論詩的觀念，突出了詩歌批評的強烈的情感色彩和主觀特點，亦突出了審美活動中主體鑑賞體悟的作用和特性，對於宋代嚴羽《滄浪詩話》、清代王士禛等人的神韻詩說等，都產生了顯著的影響。

再者，《詩品》一書使用的批評方法，具有鮮明的特點，並對後代文學批評產生了深遠的影響。其方法之一是「比較」，這是《詩品》最常用的方法之一，書中隨處可見：通過比較確認源流承傳關係，通過比較確定雙方位置的高下，通過比較確定各自的風格特點。其次，在品評中，鍾嶸還善於使用一些生動優美的文學形象，用形象的筆觸，從特定的審美角度來描述詩作的品格。如中品論范雲丘遲詩：「范詩清便宛轉，如流風迴雪；丘詩點綴映媚，似落花依草。」就是一個典型的例子。從「流風迴雪」中可以進一步理解范雲詩的「清便宛轉」，從「落花依草」中無疑也能加深對丘遲詩「點綴映媚」的特點的體會，事半功倍。這是一種具有中國特色的批評方法，具有高度形象化、直觀化的特點。再次，漢魏古詩往往風格渾樸，難以句摘，西晉陸機以後，越來越重視雕章鑿句，詩中出現了秀句。南朝齊梁詩壇，追逐奇章秀句的風氣更為流行。不僅詩人重視，詩評家也不能熟視無睹。鍾嶸曾稱讚謝朓「奇章秀句，往往警遒」。《詩品》中也經常稱引詩人的名句，如中品評陶淵明，稱引其「歡言酌春酒」（〈讀山海經〉），「日暮天無雲」（〈擬古〉）等等。這種有意識的摘句批評，既反映了南朝詩壇的風氣，又顯著地影響了後代的詩文評著作。復次，《詩品》中還記錄一些軼聞趣事，有時令人不禁莞爾，如下品評吳邁遠詩：「湯休謂遠云：『我詩可為汝詩父。』以訪謝光祿，云：『不然爾，湯可為庶兄。』」又如下品評袁嘏詩：「嘏詩平平耳，多自謂能。嘗語徐太尉云：『我詩有生氣，須人捉著，不爾，便飛去。』」軼聞趣事當然不能等同於信史，有的不免傳聞異辭，相互矛盾，但它們同時也具有生動和形象的特點。從這類故事中，往往可以透視當時詩壇的實況，可以透視當時人的詩歌價值觀。記錄這些軼聞趣事，既可資談助，又保存了當代人的詩歌評論資料，也使後人對詩史平添一分親切的感受。宋代以後，詩話著作蔚為大觀，其中有一類專門記談資、錄軼事，可以說是濫觴於《詩品》。所以，清代學者章學誠說：「詩話之源，本於鍾嶸《詩品》。」（《文史通義・詩話》）

＊＊＊＊＊＊＊＊＊＊＊＊＊＊＊＊＊＊＊＊＊＊＊＊

二十世紀以來，隨著現代的文學研究學科的確立和發展，具有中國傳統文學批評特色的鍾嶸《詩品》受到空前的重視。關於《詩品》的注釋，就產生了若干種，其中比較重要的，例如陳延傑《詩品注》、古直《詩品箋》、許文雨《鍾嶸詩品講疏》、葉長青《詩品集釋》、王叔岷《鍾嶸詩品箋證稿》、呂德申《鍾嶸詩品校釋》、徐達《詩品全譯》、曹旭《詩品集注》等等，各書旨趣不同，針對的讀者對象也不同。本書的目的，在於為一般讀者提供一種入門的《詩品》讀本。本書的體例和結構，包括如下幾個方面：

一、題解。在〈詩品序〉的最前面和上、中、下三品正文的每條之前，都有一段題解。〈詩品序〉前的題解，概括敘述了〈詩品序〉的主要思想內容。每一條品評文字前的題解，則集中介紹本條所評詩人的生平仕履，並簡單敘述他的文集或作品的流傳情況。

二、章旨。〈詩品序〉全文較長，故分為若干節，每一節都有一段章旨介紹，簡要總結此節的文意。品評文字則每條作一段章旨介紹，要言不煩。

三、注釋。除了常規的字詞訓詁、典實詮釋之外，本書注釋還引證了一些前人評論中比較重要的內容，與鍾嶸之說相互印證、對照。

四、語譯。這一部分，用現代漢語翻譯《詩品》全文，力求做到嚴謹、準確，譯文流暢可讀。

五、附錄。在每一條品評文字之後，都附錄了一些本條所論列的詩人的作品。其中有的是品評文字中提到的，附錄全篇以備參考；有的則是較能代表所論詩人的風格的，附錄於此，可備進一步研討；還有的則是所論詩人的名篇，雖未必與所論風格相合，也附錄於篇末，以備有興趣者進行比照。

全書最後，附錄《南史・鍾嶸傳》，便於讀者參考。

詩品序

【題解】〈詩品序〉先從詩歌的起源、五言詩的興起及其發展談起，系統闡述了作者對於五言詩歷史及其藝術的看法。對於五言詩發展史中的各個重要作家及其作品，鍾嶸在《詩品》的正文中還有更具體的品評，可以與序文所論比照而讀，相互發明。在這篇序中，值得注意的是他對五言詩歷史地位的高度評價以及他對這種詩體藝術特性的界說：「五言居文辭之要，是眾作之有滋味者也。」以滋味論詩，對於後代詩論的沾溉無疑是廣遠的。對於南齊以來詩壇中流行的貴尚用典的風氣以及聲律說，鍾嶸也不為時尚或流俗之見所左右。他主張詩歌創作貴在直尋，即直抒胸臆，批評了繁密用典的作風。他也不同意風靡一時的沈約等人所提倡的聲病說，公開宣言「平上去入，則余病未能；蜂腰鶴膝，閭里已具」。這些都成為《詩品》全書的立論基礎。

氣之動物，物之感人❶，故搖蕩❷性情，形諸舞詠❸。照燭三才❹，暉麗萬有❺；靈祇❻待之以致饗❼，幽微❽藉❾之以昭告。動天地，感鬼神，莫近於詩❿。

【章　旨】此節先講詩歌的興起與自然萬物以及人心之關係，繼而申明詩歌的功能。

【注　釋】❶氣之動物二句　劉勰《文心雕龍‧物色》：「春秋代序，陰陽慘舒，物色之動，心亦搖焉。」與這兩句意同。氣，精氣，古代哲學觀念中指構成萬物的物質。動，觸動。物，萬物。❷搖蕩　激蕩；震動。❸形諸舞詠　表現為歌詠舞蹈。形，表現。諸，之於。〈毛詩序〉：「詩者，志之所之也。在心為志，發言為詩。情動於中，而形於言；言之不足，故嗟嘆之；嗟嘆之不足，故永歌之；永歌之不足，不知手之舞之，足之蹈之也。」《文心雕龍‧明詩》：「人禀七情，應物斯感，感物吟志，莫非自然。」皆與此句意同。❹照燭三才　照耀天地人。三才，天、地、人。❺暉麗萬有　輝映萬物。萬有，萬物。❻靈祇　神靈。❼饗　祭品。❽幽微　幽深神祕的事物。指鬼神。❾藉　靠。❿動天地三句　語出〈毛詩序〉：「故正得失，動天地，感鬼神，莫近於詩。」

【語　譯】精氣使萬物變動，萬物盛衰牽動人的情感，所以性情激蕩，表現為歌詠和舞蹈。照耀著天地人三才，輝映著萬事萬物；神靈因它而享用祭品，幽深神祕之物靠它昭示天下。震撼天地，感動鬼神，沒有比詩更好的了。

昔〈南風〉之詞❶，〈卿雲〉之頌❷，厥❸義敻❹矣。夏歌曰「鬱陶乎予心❺」。楚謠曰「名余曰正則❻」，雖詩體未全，然是五言之濫觴❼也。

【章　旨】此節論五言詩的淵源。

【注　釋】❶南風之詞　《禮記‧樂記》載舜曾「作五弦之琴，以歌〈南風〉。」未載其詞。偽《孔子家語‧

辨樂解》記其詞為：「南風之薰兮，可以解吾民之慍兮；南風之時兮，可以阜吾民之財兮。」後人多疑其乃偽作。❷卿雲之頌　伏勝《尚書大傳．虞夏》：「舜將禪禹，於時俊乂百工，相和而歌曰：『卿雲爛兮，糾縵縵兮，日月光華，旦復旦兮。』」《大傳》是偽書，不可信，此歌當亦出後人偽託。卿雲即慶雲，亦即祥雲。卿，通「慶」。❸厥　其。❹敻　遠。❺夏歌曰句　偽《古文尚書》中所載〈五子之歌〉，傳為夏朝時歌謠，實乃後人的偽作。鬱陶乎予心，是〈五子之歌〉中的一句。鬱陶，形容哀傷填積的樣子。❻楚謠曰句　指屈原〈離騷〉，其中有「名余曰正則兮，字余曰靈均」的句子。❼濫觴　本指江河發源之地，水極淺微，只能浮起酒杯。比喻事物的起源。

【語　譯】從前的〈南風〉之詩，〈卿雲〉之歌，它們的年代太久遠了。夏朝的歌謠唱道：「鬱陶乎予心」，《楚辭．離騷》寫道：「名余曰正則」。雖然詩體還不完整，但這是五言詩的起源啊。

逮漢李陵❶，始著五言之目❷矣。「古詩」❸眇邈，人世❹難詳。推其文體，固是炎漢❺之製，非衰周❻之倡❼也。自王、揚、枚、馬❽之徒，詞賦競爽❾，而吟詠靡聞。從李都尉迄班婕妤❿，將百年間，有婦人焉，一人而已。詩人之風，頓已缺喪。東京二百載⓫中，惟有班固〈詠史〉⓬，質木無文。

【章　旨】此節論五言詩的產生及兩漢五言詩發展的概況。

【注　釋】❶李陵　漢代名將李廣之孫，漢武帝時任騎都尉，天漢二年（西元前九九年），率五千人擊匈奴，因無援兵戰敗投降。蕭統《文選》載李陵〈與蘇武詩〉均為五言，《文心雕龍・明詩》疑其為偽作。❷目　篇目。❸古詩　東漢末年出現的一批無名氏的五言詩，《文選》所載「古詩十九首」最為著名，影響頗大。❹人世　古詩的作者身分及其年代。❺炎漢　漢代。古人有所謂五德終始說，認為朝代之間按金木水火土五行的順序循環相生相剋，漢代屬於火，所以稱為炎漢。❻衰周　周代末年；晚周。❼倡　同「唱」。這裏指詩歌作品。❽王揚枚馬　指王褒、揚雄、枚乘、司馬相如，他們都是漢代著名的辭賦家。❾競爽　爭勝；競爭。❿從李都尉迄班婕妤　從李陵到班婕妤。班姬，漢成帝時為婕妤，有〈怨詩〉一首，詳《詩品》上品「漢婕妤班姬」條。⓫東京二百載　東漢從光武帝建武元年（西元二五年）到漢獻帝延康元年（西元二二〇年），共一九五年，約稱二百年。東京，即東漢。東漢定都洛陽，洛陽在漢代被稱為東京，故史稱東漢為東京。⓬惟有班固詠史　東漢五言詩不止班固〈詠史〉一首，但班固是辭賦家最早作五言詩者。詳《詩品》下品「漢令史班固」條。

【語　譯】到了漢代的李陵，才開始寫作五言詩。「古詩」年代久遠，作者和寫作年代都難以究詳。推考其作品風格，應當是漢代的作品，而不是周末的詩歌。王褒、揚雄、枚乘、司馬相如等人，在辭賦創作上爭強競勝，互不相讓，而詩歌創作則從未聽說過。從李陵到班姬，將近一百年間，出現了一個女詩人，但也只有一位而已。詩人的創作風氣，突然就中斷喪失了。東漢二百年間，辭賦家只有班固一篇〈詠史〉，可惜質直樸實，沒有文采。

降❶及建安❷，曹公父子❸，篤好斯文❹；平原兄弟❺，鬱❻為文棟；劉楨、王粲❼，為其羽翼❽。次有攀龍託鳳❾，自致於屬車❿者，蓋將百計。彬彬⓫之盛，大備於時矣。

【章　旨】此節論建安詩壇之盛況。

【注　釋】❶降　往下；往後。❷建安　漢獻帝年號，西元一九六至二一九年。❸曹公父子　指曹操、曹丕父子。❹篤好斯文　十分愛好文學。斯文，本指儒者或文人，這裏指文學。《文心雕龍．時序》：「自獻帝播遷，文學蓬轉。建安之末，區宇方輯。魏武以相王之尊，雅愛詩章；文帝以副君之重，妙善詞賦。陳思以公子之豪，下筆琳琅。」❺平原兄弟　指曹植及其弟白馬王曹彪。建安十六年（西元二一一年），曹植封為平原侯。曹彪，詳《詩品》下品「魏白馬王彪」條。❻鬱　茂盛。指文采富贍。❼劉楨王粲　建安時代著名詩人，亦是「建安七子」中的人物，《詩品》列入上品。❽羽翼　輔佐。❾攀龍託鳳　本指依附有聲望有地位的人。這裏有依附、跟隨的意思。❿屬車　侍從的車子。⓫彬彬　文質兼備。語出《論語．雍也》：「文質彬彬，然後君子。」此處指文壇之盛況。

【語　譯】往下到了建安時代，曹操、曹丕父子，十分喜愛文學；曹植、曹彪兄弟，以富贍的文采成為文壇的棟梁。劉楨、王粲，在他們的身邊輔佐。其次還有一些攀龍附鳳來投附的人，自願成為他們的侍從，大約有上百人。詩壇文質彬彬的盛況，在這個時代已經很完備了。

爾後，陵遲❶衰微，迄於有晉。太康❷中，三張、二陸、兩潘、一左❸，勃爾❹復興。踵武前王❺，風流未沫❻，亦文章❼之中興也。

【章旨】此節論西晉五言詩的中興。

【注釋】❶陵遲　衰退。❷太康　晉武帝年號，西元二八〇至二八九年。❸三張二陸兩潘一左　指張載、張協、張亢三兄弟；陸機、陸雲兄弟；潘岳、潘尼叔侄和左思，都是西晉著名詩人。❹勃爾　勃然；突然興起。❺踵武前王　步趨前人的足跡。武，足跡。前王，前代帝王。指建安曹氏父子諸人。此句語本〈離騷〉：「及前王之踵武。」❻未沫　未已；未止。此句亦本〈離騷〉：「芬至今猶未沫。」❼文章　文學。這裏偏指詩歌。

【語譯】在這以後，詩就衰退沒落了，一直到晉代。太康年間，張載、張協、張亢，陸機、陸雲，潘岳、潘尼和左思等人，又勃然興起。他們追踵建安時代的先賢，使建安的遺風流韻得以保持不滅，也是詩歌的一次中興。

永嘉❶時，貴黃、老❷，尚虛談❸。於時篇什，理過其辭，淡乎寡味。爰❹及江表❺，微波尚傳。孫綽、許詢、桓、庾❻諸公詩，皆平典似《道德論》❼，建安風力❽盡矣。

【章　旨】此節論西晉末到東晉，詩歌因沉溺於黃老虛談而衰退。

【注　釋】❶永嘉　晉懷帝年號，西元三〇七至三一三年。❷貴黃老　崇尚黃老。黃老，黃帝和老子。道家以黃、老為道家之祖，故以黃老稱道家。❸虛談　清談；談玄理。❹爰　助詞，無義。❺江表　指長江以南地區。東晉建都江南建康（今南京），故以江表稱之。❻孫綽許詢桓庾　孫綽、許詢、桓溫、庾亮，都是東晉的玄言詩人。❼皆平典似道德論　平淡典實得像《道德論》。《道德論》，三國何晏所作的闡釋道家哲理的著作，已佚。❽建安風力　建安詩歌慷慨悲涼注重現實的風骨筆力。

【語　譯】永嘉時代，推崇道家黃老之學，崇尚談玄說理的清談。當時的詩篇，玄理湮沒了文辭，平淡而少有韻味。到了東晉，清談玄理的餘波還在流傳。孫綽、許詢、桓溫、庾亮諸位的詩，都平淡典實得像《道德論》，建安詩歌中那種慷慨悲涼的風骨筆力全失去了。

先是，郭景純❶用雋上❷之才，變創其體；劉越石❸仗清剛之氣，贊成厥美❹。然彼眾我寡，未能動俗。逮義熙❺中，謝益壽❻斐然繼作。元嘉❼中，有謝靈運❽，才高詞盛，富豔難蹤❾，固已含跨❿劉、郭，凌轢⓫潘、左。

【章　旨】此節論晉宋之際詩歌風氣一變，郭璞、劉琨為其先導，謝靈運為其雄傑。

【注釋】❶郭景純　郭璞，字景純，著有〈遊仙詩〉若干首。❷雋上　卓越出眾。❸劉越石　劉琨，字越石。❹贊成厥美　贊助支持他的美好行為。厥，其。指郭璞。❺義熙　晉安帝年號，西元四〇五至四一八年。❻謝益壽　謝混，字叔源，小字益壽。沈約《宋書・謝靈運傳論》曰：「叔源大變太元之氣。」❼元嘉　宋文帝年號，西元四二四至四五三年。❽謝靈運　南朝宋詩人，以山水詩著稱，開一代風氣。❾躡　追蹤；趕上。❿含跨　包含、跨越。⓫凌轢　超越、壓倒。

【語譯】最先，郭璞以他出眾的詩才，變革玄言詩體；劉琨憑著清新剛勁之氣，支援他完成這一嘉業。然而寡不敵眾，沒有能撼動流俗的觀念。到義熙年間，謝混文采斐然，繼郭、劉二人而起。元嘉間，出現了謝靈運，才華高妙，文詞豐盛，富贍豔麗，令人難以企及，其詩才實已超越了劉琨、郭璞，壓倒了潘岳、左思。

故知陳思❶為建安之傑，公幹、仲宣❷為輔；陸機為太康之英，安仁、景陽❸為輔；謝客❹為元嘉之雄，顏延年❺為輔。斯皆五言之冠冕❻，文詞之命世❼也。

【章旨】此節總結「降及建安」以下各節。

【注釋】❶陳思　曹植。曹植封陳王，死後諡思，後人稱為陳思。❷公幹仲宣　劉楨，字公幹。王粲，字仲宣。❸安仁景陽　潘岳，字安仁。張協，字景陽。❹謝客　謝靈運，小名客兒。❺顏延年　顏延之，字延年，元嘉中與謝靈運並稱顏謝。❻冠冕　帽子。比喻領先、名列前茅。❼命世　著名於世。

【語　譯】由此可知，曹植是建安時代的才傑，劉楨、王粲是他的輔佐；陸機是太康年間的英才，潘岳、張協是他的輔佐；謝靈運是元嘉時期的雄才，顏延之是他的輔佐。這些人都是五言詩的傑出人物，詩歌創作的知名人士。

夫四言，文約易廣❶，取效〈風〉〈騷〉❷，便可多得。每苦文繁而意少，故世罕習焉。五言居文辭之要❸，是眾作❹之有滋味者也，故云會❺於流俗。豈不以指事造形❻，窮情寫物，最為詳切者邪？

【章　旨】此節論五言詩優勝於四言之處。

【注　釋】❶文約易廣　字數少，容易寫得詩句繁多。❷取效風騷　取法效仿《詩經》、《楚辭》。〈風〉〈騷〉，泛指以〈國風〉為代表的《詩經》和以〈離騷〉為代表的《楚辭》。❸要　重要；關鍵。❹眾作　各種詩體。❺會　合。❻指事造形　敘述事物，描摹形象。

【語　譯】說到四言詩，它字數少，容易寫得詩句繁多，只要取法效仿《詩經》、《楚辭》，就可以寫成。然而世人常常苦於文句繁多而詩意淡薄，所以很少學作四言詩。五言詩居於詩歌的重要地位，是各種詩體中最富有滋味的一種，所以說它符合了世俗的需要。難道不也是因為它在敘述事件、摹寫形象，抒寫情性、描繪物體方面，最為詳細準確的嗎？

故詩有六義❶焉：一曰興，二曰比，三曰賦。文已盡而意有餘，興也；因物喻志，比也；直書其事，寓言寫物，賦也。宏❷斯三義，酌而用之，幹之以風力❸，潤之以丹采❹，使味之者無極，聞之者動心，是詩之至也。若專用比興，則患在意深，意深則詞躓❺。若但用賦體，則患在意浮，意浮則文散，嬉成流移，文無止泊❻，有蕪漫之累❼矣。

【章　旨】此節先界定賦、比、興這三種詩歌表現手法，繼而討論如何使用的問題。

【注　釋】❶六義　〈毛詩序〉：「故詩有六義焉：一曰風，二曰賦，三曰比，四曰興，五曰雅，六曰頌。」六義之中，風、雅、頌三者是詩體，賦、比、興三者是詩的表現手法。這裏專論後者，而對賦、比、興三者的界定與《毛詩》鄭玄《箋》、朱熹《詩集傳》都有所不同。❷宏　宏揚。❸幹之以風力　即以風力為骨幹。風力，指由作者內在的意氣而形成的文章的氣格。❹丹采　詞采。❺詞躓　詞句不通順。❻止泊　停止。❼累　病。

【語　譯】所以說詩有六義：一是興，二是比，三是賦。文辭已盡而餘韻深長，就是興；通過事物形象來表達思想情感，就是比；直接敘述事件，使用文字摹寫事物，就是賦。發揚這三種表現手法，寫作時酌情使用，以風力為骨幹，用詞采來潤飾，讓欣賞者感到滋味無窮，讓聽到吟誦的人內心感動，這是詩歌的極致。如果專用比興兩種手法，其弊病在於詩意深隱，詩意深隱就造成詞句的不通暢。如果只用賦體，那麼弊病在於詩意浮露，詩意浮露就顯得文辭散漫，散漫之後形成浮滑的文風，文章無法收束，就產生蕪雜散漫的毛病了。

若乃春風春鳥，秋月秋蟬，夏雲暑雨，冬月祁寒❶，斯四候之感諸詩者也。嘉會❷寄詩以親，離群託詩以怨。至於楚臣去境❸，漢妾辭宮❹；或骨橫朔野❺，或魂逐飛蓬❻；或負戈外戍，殺氣雄邊❼；塞客衣單，孀閨❽淚盡；或士有解佩出朝❾，一去忘返；女有揚蛾❿入寵，再盼傾國⓫。凡斯種種，感蕩心靈，非陳詩⓬何以展其義？非長歌何以騁其情？故曰：「詩可以群，可以怨⓭。」使窮賤易安⓮，幽居靡悶，莫尚⓯於詩矣。

【章　旨】此節論心靈感蕩於外物，不能自已，於是產生了詩作；而且詩可以群，可以怨，功用莫大。

【注　釋】❶祁寒　嚴寒。❷嘉會　盛會。❸楚臣去境　指屈原被讒離開國都。《史記・屈原賈生列傳》：「屈原，名平，為楚懷王左徒，被讒，放逐於江南。」❹漢妾辭宮　指王昭君出塞。《漢書・元帝紀》：「竟寧元年，匈奴呼韓邪單于來朝，賜單于待詔掖庭王嬙為閼氏。」昭君名嬙。❺朔野　北方之野。❻飛蓬　飛轉的蓬草。❼殺氣雄邊　邊關之地充滿殺氣。❽孀閨　閨中的寡婦。❾解佩出朝　解除官職，離開朝廷。佩，表明官階的飾物。❿揚蛾　揚眉。蛾，蛾眉。蠶蛾的觸鬚細長，古人常用以比喻女子的眉，並用以形容女子的美貌。⓫再盼傾國　典出《漢書・外戚傳》載李夫人之兄李延年所作〈李夫人歌〉曰：「北方有佳人，絕世而獨立，一顧傾人城，再顧傾人國。寧不知傾城與傾國，佳人難再得。」盼，顧盼。⓬陳詩　用詩歌來表達。⓭詩可以群二句　語出《論語・陽貨》：「子曰：小子何莫學夫詩？詩可以興，可以觀，可以群，可以怨。」群指詩歌所具有的感發、振奮人心的作用，怨指詩歌的諷諭作用。⓮易安　和悅安樂。易，和悅。⓯尚　上；超出。

【語　譯】至於春天的風，春天的鳥，秋天的月，秋天的蟬，夏天的雲，暑天的雨，冬天的嚴寒，這些是四季節候變化在詩歌中的反映。盛會上可以借詩來表達親愛，離群時靠詩來寄託幽怨。至於屈原被放逐離開國都，王昭君辭別漢宮出塞；或者屍骨棄置於塞北，或者魂魄像飛蓬一樣飄泊；或者肩背武器守衛邊疆，邊關之地充滿殺氣；塞外的客子衣裳單薄，閨中的寡婦淚流已乾；或者有棄官離職的士人，一去不復返；也有美女入宮受寵，再次顧盼就傾國傾城。凡此種種，都激蕩著詩人的心靈，不以詩歌抒發怎麼能展現他們的情思？不放聲高歌又怎麼能馳騁他們的情懷？所以說：「詩歌可以使人振奮，可以表現怨憤。」能使窮困低賤的人和悅安樂，能使幽獨隱居的人沒有憂悶，沒有比詩更好的了。

故詞人❶作者，罔❷不愛好。今之士俗，斯風熾矣。才能勝衣❸，甫就小學❹，必甘心而馳騖焉❺。於是庸音雜體❻，人各為容。至使膏腴子弟❼，恥文不逮，終朝點綴❽，分夜❾呻吟。獨觀謂為警策❿，眾睹終淪平鈍。次有輕薄之徒，笑曹、劉⓫為古拙，謂鮑照⓬羲皇上人⓭，謝朓⓮今古獨步。而師鮑照，終不及「日中市朝滿⓯」；學謝朓，劣得⓰「黃鳥度青枝⓱」。徒自棄於高明，無涉於文流矣。

【章　旨】此節指出當今詩風雖盛，但流俗淺陋之病依然存在。

【注　釋】❶詞人　文人。❷罔　無。❸勝衣　指兒童稍長，其身體剛能承受得住成人的衣服。❹甫就小學　剛開始接受啟蒙教育。古時貴族子弟八歲入小學，十五歲入太學。❺甘心而馳騖焉　用盡心力而努力作詩。甘心，苦心；用心。馳騖，奔忙。❻庸音雜體　平庸的詩，雜亂的詩體。❼膏腴子弟　富貴人家的子弟。❽終朝點綴　終日修改、潤色。❾分夜　半夜。❿警策　指精煉深切的詩句。⓫曹劉　曹植、劉楨。⓬鮑照　字明遠，南朝宋詩人。詳《詩品》中品「宋參軍鮑照」。⓭羲皇上人　傳說中的帝王伏羲氏以前的人。⓮謝朓　字玄暉，南朝齊詩人，永明體的主要作家。詳《詩品》中品「齊吏部謝朓」。鮑謝二人，鍾嶸只將其歸入中品，而這裏輕薄者對他們的評價卻極高。⓯日中市朝滿　鮑照〈代結客少年場行〉中的詩句。⓰劣得　僅得。⓱黃鳥度青枝　虞炎〈玉階怨〉中的詩句。

【語　譯】所以文人墨客，沒有不愛好寫詩的。當今士子中的習俗，作詩之風很盛。年紀稍長的孩童，剛剛接受啟蒙教育，就用盡心力而努力作詩。因此平庸雜亂的作品，以各自不同的形式表現出來。以致富貴人家的子弟，以寫不好詩為恥，一天到晚修改潤色，半夜還在吟誦斟酌。自己一個人看時覺得精煉深切，大家看來卻不免平庸拙劣。還有一些輕浮之徒，譏笑曹植、劉楨的詩古樸粗糙；說鮑照像伏羲氏以前的人，稱謝朓獨步古今詩壇。但他們學習鮑照，最終還趕不上「日中市朝滿」這樣的句子；學謝朓，也只能做出「黃鳥度青枝」這類的詩句。這些人徒然自我摒棄於高明的詩家之外，無緣成為文學家。

觀王公縉紳❶之士，每博論❷之餘，何嘗不以詩為口實❸；隨其嗜欲，商榷❹不同。淄澠並泛❺，朱紫相奪❻，喧議競起，準的❼無依。近彭城劉士章❽，俊賞❾之士，疾其淆亂，欲為當世詩品，口陳標榜❿，其文未遂，感而作焉。

【章　旨】此節作者自述作《詩品》之緣起。

【注　釋】❶縉紳　插笏於腰帶間。古時仕宦者的裝束，故稱士大夫官宦為縉紳。縉，插。紳，腰間的大帶。❷博論　宏論；高談闊論。❸口實　談話資料。❹商榷　商量；討論。❺淄澠並泛　比喻混雜難辨。淄澠本為山東境內的兩條河，傳說河水味道彼此不同，合則難辨。❻朱紫相奪　比喻是非優劣混雜。《論語・陽貨》曰：

「惡紫之奪朱也，惡鄭聲之亂雅樂也。」朱是正色，紫是間色，古人認為有正邪之別。❼準的　標準；準則。❽劉士章　劉繪，字士章，彭城（治所在今江蘇徐州）人，南朝齊著作郎，《詩品》將其列入下品。❾俊賞　具有優秀的詩歌鑑賞力。❿標榜　品評。

【語譯】看那些王公貴族士大夫，每每高談闊論之餘，何嘗不以詩歌為談資；隨他們自己的喜好，提出各種不同的看法來討論。就像淄澠兩條河水合流，又像朱紫二色混雜，是非難辨，優劣難分，吵吵嚷嚷，爭論不休，沒有可以憑據的準則。最近，彭城劉士章，這位優秀的詩歌評論家，痛心這種混亂的局面，想寫一部當代的詩品，已有了口頭的評說，但沒有成文，我有感於此而作這部《詩品》。

昔九品論人❶，《七略》❷裁士，校以賓實❸，誠多未值❹。至若詩之為技，較爾❺可知，以類推之，殆均博弈❻。方今皇帝❼，資生知之上才❽，體❾沉鬱之幽思，文麗日月❿，賞究⓫天人⓬。昔在貴遊⓭，已為稱首。況八紘既奄⓮，風靡雲蒸⓯，抱玉者聯肩，握珠者踵武⓰。固以瞰⓱漢、魏而不顧，吞⓲晉、宋於胸中，諒非農歌轅議⓳，敢致流別⓴。嶸之今錄，庶周旋於閭里㉑，均之於談笑爾。

【章　旨】此節先論以品第論人裁士之淵源，繼而述當世文治之盛，最後歸結到頌聖與自謙。

【注　釋】❶九品論人　班固《漢書》中有〈古今人表〉，把古今人物分為九等，即上上、上中、上下；中上、中中、中下；下上、下中、下下。東漢以來，即以九品品評人物。三國魏司空陳群立九品之制，設中正官評定人才高下，分為九等。❷七略　漢劉歆所著書名。《漢書・藝文志》：「歆於是總群書而奏其《七略》，故有〈輯略〉，有〈六藝略〉，有〈諸子略〉，有〈詩賦略〉，有〈六書略〉，有〈術數略〉，有〈方技略〉。」原書已佚。❸賓實　名實。《莊子・逍遙遊》：「名者，實之賓也。」❹值　指名實相符。❺較爾　較然；明顯的樣子。❻殆均博弈　大抵與博弈相同。博弈，兩種遊戲，即六博和圍棋。❼方今皇帝　當今皇帝。指當時的梁武帝蕭衍。❽資生知之上才　有生而知之的天才。生知，生而知之。語本《論語・季氏》：「生而知之者，上也。」❾體　包含；具備。❿文麗日月　文章上齊日月。麗，附著。⓫究　窮盡。⓬天人　天道與人事；自然與社會的奧祕。⓭貴遊　貴族及在其周圍侍從遊宴的文人學士。梁武帝曾是齊竟陵王蕭子良西邸的「竟陵八友」之一。《梁書・武帝紀》曰：「竟陵王子良開西邸，招文學，高祖與沈約、謝脁、王融、蕭琛、范雲、任昉、陸倕等並遊焉，號曰『八友』。」⓮八紘既奄　天下已經統一。八紘，八方；八極。奄，覆蓋；包括。⓯風靡雲蒸　原意為隨風而從，如雲蒸湧。比喻很多人才輔佐君王。《後漢書・馮異傳》：「方今英俊雲集，百姓風靡。」《史記・太史公自序》：「諸侯作難，風起雲蒸。」⓰抱玉者聯肩二句　比喻人才濟濟。抱玉、握珠，均指才華突出的文人。聯肩、踵武，即比肩繼踵、摩肩接踵之意，原意為肩靠肩，腳跟腳，形容人多。此二句語本曹植〈與楊德祖書〉曰：「人人自謂握靈蛇之珠，家家自謂抱荊山之玉。」⓱瞰　俯視。⓲呑　包容。⓳農歌轅議　農夫的歌詠，趕車者的議論。這是作者的自謙之詞。⓴流別　本意為剖析源流，分門別類。這裏意為品評鑑定。㉑閭里　里巷。

【語　譯】當初以九個等級來品評人物，以《七略》來裁定人物的著作，將名與實核對一下，確實有很多並不相符。至於詩歌的寫作技巧，卻是顯然可以弄清楚的，假如要找個同類的來類推，寫詩大概就如同六博與圍棋吧。當今皇上，懷著生而知之的天才，具有沉鬱幽深的文思，文章上齊日月，賞鑑窮盡天道人事。當年他在貴遊的圈子中，已經堪稱是「竟陵八友」之首。何況如今已經統一天下，人才眾多猶如風從雲蒸，抱玉握珠的文壇才士摩肩接踵。這當然已足以俯視漢、魏而不將其放在眼裏，氣吞晉、宋在其胸中，實在不是我這種俗論淺見所敢品評鑑定的。我現在所寫的，大概只配在鄉閭里巷流傳，等同談笑而已。

一品之中，略以世代為先後，不以優劣為詮次❶。又其人既往❷，其文克❸定。今所寓言❹，不錄存者。

【章　旨】此節自述《詩品》的編纂體例。

【注　釋】❶詮次　編排次序。❷既往　已去世。❸克　能夠。❹寓言　寄寓評論。指《詩品》中所論。

【語　譯】在同一品第中，大致依據人物的時代先後為次序，不依據作品的優劣高下來編排。而且一個人死了以後，他的文章才能最後論定。本書所論，不涉及健在的作者。

夫屬詞比事❶，乃為通談❷。若乃經國文符❸，應資博古❹；撰德駁奏❺，宜窮往烈❻。至乎吟詠性情，亦何貴於用事❼？「思君如流水❽」，既是即目❾；「高臺多悲風❿」，亦惟所見；「清晨登隴首⓫」，羌⓬無故實⓭；「明月照積雪⓮」，詎⓯出經、史？觀古今勝語⓰，多非補假⓱，皆由直尋⓲。

【章　旨】鍾嶸認為好的詩句都是寫即目所見，不必以用典為貴，提出了直尋即直指心源的重要性。

【注　釋】❶屬詞比事　連綴文辭，排列材料。❷通談　常談；一般的知識。❸經國文符　有關治理國家大事的文書。❹博古　眾多豐富的典故。❺駁奏　駁議和奏疏，均為古時的公文。❻往烈　以往的功業。❼用事　用典。事，典故。❽思君如流水　徐幹〈室思〉中的詩句。❾即目　在眼前；目之所及。❿高臺多悲風　曹植〈雜詩〉中的詩句。⓫清晨登隴首　據《北堂詩抄》卷一五七所引，這是張華失題詩中的一句。⓬羌　句首虛詞，無義。⓭故實　典故。⓮明月照積雪　謝靈運〈歲暮詩〉中的詩句。⓯詎　哪裏。⓰勝語　妙語佳句。⓱補假　修補假借。⓲直尋　直接尋覓。

【語　譯】連綴文辭，排列材料，這是寫作的常識。若是有關國家大事的高文典冊，應該博采古事；撰寫歌頌功德的文章或駁議奏疏，應該盡力鋪敘以往的功業。至於吟詠性情的詩歌，為何要以用典為貴呢？「思君如流水」，寫的即是眼前的東西；「高臺多悲風」，也是寫眼中的所見；「清晨登隴首」，並沒有用什麼典故；「明月照積雪」，哪裏是出於什麼經書史籍？總觀古往今來的妙言佳句，大多數不是靠拼湊成語借用典故，而都是從內心直接尋覓得來的。

顏延❶、謝莊❷，尤為繁密❸，於時化之。故大明❹、泰始❺中，文章殆同書抄。近任昉❻、王元長❼等，詞不貴奇，競須新事。爾來作者，寖❽以成俗。遂乃句無虛❾語，語無虛字，拘攣補衲❿，蠹⓫文已甚。但自然英旨⓬，罕值⓭其人。詞既失高，則宜加事義⓮；雖謝⓯天才，且表學問，亦一理乎！

【章旨】此節論南朝宋以來詩歌創作中存在的專貴用典有失自然的弊端。

【注釋】❶顏延　顏延之，南朝宋文學家，《詩品》列為中品。❷謝莊　南朝宋文學家，《詩品》列為下品。❸繁密　指用典繁多。❹大明　南朝宋孝武帝年號，西元四五七至四六四年。❺泰始　南朝宋明帝年號，西元四六五至四七一年。❻任昉　字彥昇，南朝梁文學家。《詩品》列為中品。❼王元長　王融，字元長，南朝齊文學家。《詩品》列為下品。❽寖　逐漸。❾虛　指沒有典故出處。❿拘攣補衲　拘束拼湊。蕭子顯《南齊書・文學傳論》指出當時文章，略有三體，其中第二種為「緝事比類，非對不發，博物可嘉，職成拘制。或全借古語，用申今情，崎嶇牽引，直為偶說。」即鍾嶸此處所指。⓫蠹　蛀蝕；損害。⓬自然英旨　指文字自然、內容精妙的優美作品。⓭罕值　很少遇到。⓮事義　借典故來表達事理。⓯謝　失去；沒有。

【語譯】顏延之、謝莊，他們的詩中用典尤其繁多，當時的人都受這種風氣影響。所以大明、泰始年間，寫詩就好像抄輯群書一樣。最近任昉、王融等人，寫詩不以創新為貴，而競相追逐新奇的用典。從那時以來的作者，逐漸形成了這樣的風尚。於是沒有一句不用典，沒有一字無出處，拘謹牽強，拼湊而成，已經嚴重地敗壞了詩風。但自然精妙的佳作，一向就很少有人寫得出來。既已寫不出優美的詩句，那就只能加些典故事理了；這樣做，雖然看不出天才，聊且顯示一下學問，總也是一個理由吧！

陸機〈文賦〉❶，通而無貶❷；李充❸《翰林》，疏而不切❹；王微❺《鴻寶》，密而無裁❻；顏延論文❼，精而難曉；摯虞❽《文志》，詳而博贍，頗曰知言❾。觀斯數家，皆就談文體，而不顯優劣。至於謝客集詩❿，逢詩輒取；張隲⓫《文士》，逢文即書。諸英志錄⓬，並義在文，曾無品第。嶸今所錄，止乎五言。雖然，網羅⓭今古，詞文殆集。輕欲辨彰⓮清濁，掎摭病利⓯，凡百二十人⓰。預此宗流⓱者，便稱才子。至斯三品升降，差⓲非定制，方⓳申變裁⓴，請寄知者爾。

【章　旨】此節評論歷來詩文評著作，有褒有貶，指出其共同缺點是「不顯優劣」，「曾無品第」，而《詩品》正可彌補這一方面的不足。

【注　釋】❶陸機文賦　陸機所作的詩文評著作，意在「論作文之利害所由」。今存。❷通而無貶　指〈文賦〉通論作文之法，終未涉及作者作品的品第褒貶。貶，褒貶。❸李充　字弘度，東晉江夏人。著有《翰林論》五十四卷，已佚。❹切　切要；恰當。❺王微　字景玄，南朝宋詩人，《詩品》列在中品。《隋書・經籍志》載有《鴻寶》十卷，不知是否即王作。其書今佚。❻密而無裁　細密而沒有裁定。❼顏延論文　顏延之著有《庭誥》，其中有論文之語。從下句「精而難曉」看來，鍾氏此處所指可能還包括顏延之其他的論文言論，如〈詩品序〉下文提到的顏氏論律呂音調，以及《文心雕龍・總術》中提到的顏氏論言筆之分。❽摯虞　字仲洽，西晉文人，撰有《文章志》四卷，亦稱《文章流別志》、《文章流別志論》或《文章流別論》，今佚。《文心雕龍・才略》：「摯虞……其品藻流別，有條理焉。」《太平御覽》卷五八六引顏延之《庭誥》曰：「摯虞《文論》，足稱優洽。」❾知言　本指由言辭察知真意。這裏指真正懂得鑑賞文章。❿謝客集詩　據《隋書・經籍志》，謝靈運著有《詩集》五十卷、《詩集鈔》十卷、《詩英》九卷，均已佚。⓫張隲　南齊時人，生平不詳，著有《文士傳》五十卷。其書已佚，周勛初有輯本，見南京大學古典文獻研究所《古典文獻研究》（西元一九八九～一九九〇年）。⓬志錄　記錄。⓭網羅　搜集。⓮辨彰　辨別清楚。⓯掎摭病利　指陳利弊。⓰凡百二十人　《詩品》上品十一人，中品三十九人，下品七十三人，總計一百二十三人（古詩不計在內）。凡百二十人，是舉其約數。⓱宗流　流別。指品第。⓲差　大抵；大概。⓳方　將。⓴變裁　改變評價。

【語　譯】陸機的〈文賦〉，通論作文之法而沒有對作家作品的品第褒貶；李充的《翰林論》，粗疏而不夠精當；王微的《鴻寶》，繁密細緻但不加裁定；顏延之的論文之語，精微以致別人難以理解；

摯虞的《文章志》，內容翔實而又豐富廣博，頗稱得上是真正懂得鑑賞文章。綜觀這幾位，都是只談論文體，而不比較作家作品的優劣。至於謝靈運編的詩歌總集，碰到詩就選錄；張隲的《文士傳》，碰到文章就收錄。各位精英所載錄成文的，主旨都在於詩文本身，不曾作過高下品評。我現在所收錄的，只限於五言詩。儘管這樣，包括古今作家，他們的作品大致已經聚集起來。我斗膽想來辨析理清詩歌之高下優劣，指摘評說其中存在的利弊，一共是一百二十人左右。能進入書中品第的，就稱得上是才子了。至於這三個品級之間或上或下，大概還不能說是定論，將來要對品評作些變動調整，就寄望於各位知音了。

昔曹、劉❶殆文章之聖，陸、謝❷為體貳之才❸，銳精研思，千百年中，而不聞宮商❹之辨、四聲❺之論。或謂前達偶然不見❻，豈其然乎？

【章　旨】鍾嶸不認為前賢對平上去入四聲之說毫無所知。

【注　釋】❶曹劉　曹植和劉楨。❷陸謝　陸機和謝靈運。❸體貳之才　意謂陸、謝也有類似曹、劉二聖的才華。❹宮商　古代音樂中分宮商角徵羽五音，南朝人常借用五音或宮商、宮羽來代指四聲或平仄。❺四聲　漢語聲調的平上去入四聲。❻或謂前達偶然不見　沈約《宋書・謝靈運傳論》曰：「欲使宮羽相變，低昂舛節。若前有浮聲，則後須切響。一簡之內，音韻盡殊；兩句之中，輕重悉異。妙達此旨，始可言文。」又曰：「自靈均以來，多歷年所，雖文體稍精，而此祕未睹。」鍾嶸「或謂前達偶然不見」，可能即指沈氏的說法。前達，從前的賢達之士；前賢。

【語　譯】當年曹植、劉楨可說是文學的聖人，陸機、謝靈運也有與這兩位聖人相似的才華，他們對詩文之道深思精研，但千百年來，卻沒有聽他們談論過平仄的分辨、四聲的理論。有人說是前賢偶然沒有發現這些，難道真是這樣嗎？

嘗試言之：古曰詩頌❶，皆被之金竹❷，故非調五音❸，無以諧會❹。若「置酒高堂上❺」、「明月照高樓❻」，為韻之首。故三祖❼之詞，文或不工，而韻入歌唱，此重音韻之義也，與世之言宮商異矣。今既不被管弦❽，亦何取於聲律耶？

【章　旨】此節提出：古代詩歌合樂，故重視音韻；現在詩歌不入樂，故不必講求聲律。

【注　釋】❶詩頌　頌本是詩之一體，詩頌並稱，代指詩歌作品。《禮記・樂記》：「弦歌詩頌。」孔穎達《疏》：「弦歌詩頌者，謂以琴瑟之弦，歌此詩頌。」❷金竹　泛指樂器。《禮記・樂記》：「金石絲竹，樂之器也。」❸調五音　調配宮商角徵羽五音。❹諧會　諧調；和諧。❺置酒高堂上　阮瑀〈雜詩〉中的詩句。❻明月照高樓　曹植〈七哀詩〉的首句。❼三祖　指魏太祖曹操、魏高祖曹丕、魏烈祖曹叡。❽不被管弦　指詩歌不入樂。

【語　譯】嘗試著談談：古人所謂詩歌這類作品，都是能入樂而歌的，所以不調諧五音，就無法使作品和諧悅耳。像「置酒高堂上」、「明月照高樓」，已是講究平仄的開端了。所以曹操、曹丕、曹叡的詩作，文句可能不是很精巧，但都能入樂而唱，這就是注重聲韻的意思，不過這與當今人們所講的聲律之說是不同的。現代的詩歌既然不配樂歌唱，又何必執著於聲律呢？

齊有王元長者，嘗謂余云：「宮商❶與二儀❷俱生，自古詞人不知之。惟顏憲子❸乃云律呂音調❹，而其實大謬；惟見范曄、謝莊，頗識之耳❺。嘗欲進知音論，未就。」王元長創其首，謝朓、沈約❻揚其波❼。三賢咸貴公子孫❽，幼有文辯❾。於是士流景慕❿，務為精密⓫，襞積細微⓬，專相陵架⓭。故使文多拘忌⓮，傷其真美。余謂文製⓯，本須諷讀⓰，不可蹇礙⓱，但令清濁通流，口吻調利⓲，斯為足矣。至平上去入，則余病未能；蜂腰鶴膝⓳，閭里已具。

【章旨】此節論今人王融、謝朓、沈約等人倡言聲病之說，反而有害於詩之真美。

【注釋】❶宮商　此處指平仄聲調。❷二儀　指天地。❸顏憲子　顏延之。憲子是顏延之的諡號。❹律呂音調　音律的統稱。律呂原指古代樂律，有陽律、陰律各六，合為十二律。陽律為黃鐘、太蔟、姑洗、蕤賓、夷則、無射，稱律；陰律為大呂、夾鐘、仲呂、林鐘、南呂、應鐘，稱呂。合稱律呂。❺惟見范曄謝莊二句　范曄，字蔚宗，南朝宋著名文人、史學家，著有《後漢書》。范曄〈獄中與諸甥侄書〉：「性別宮商，識清濁，斯自然也。觀古今文人，多不全了此處；縱有會此者，不必從根本中來。言之皆有實證，非為空談。年少中，謝莊最有其分。」范、謝均列《詩品》下品。❻沈約　字休文，南朝梁詩人，永明體的主要作家。❼揚其波　即推波助瀾之意。《南史・陸厥傳》云：「（永明末，）盛為文章，吳興沈約、陳郡謝朓、琅琊王融，以氣類相推轂。汝南周顒，善識聲韻，為文皆用宮商，以平上去入為四聲，以此制韻，有平頭、上尾、蜂腰、鶴膝。五字之中，音韻悉異；兩句之內，角徵不同，不可增減。世呼為永明體。」❽三賢咸貴公子孫　王、謝、沈三人皆出身當時的世家大族。許文雨《鍾嶸詩品講疏》：「王融字元長，宋征虜將軍王僧達孫，避齊和帝諱，以字行。謝朓，宋僕射謝景仁之從孫。沈約，宋征虜將軍沈林子之孫。」❾文辯　文才和辯才。《南齊書》、《梁書》中的王、謝、沈三傳都記三人自幼即有才辯。❿景慕　仰慕。⓫精密　寫詩嚴於聲律。⓬襞積細微　指運用聲韻細緻繁瑣。襞，衣裙上的褶襉。⓭專相陵架　相互爭勝，力求超越他人。專，通「轉」。陵架，超越；勝過。⓮拘忌　拘束避忌。⓯文製　作品。這裏指詩歌。⓰諷讀　誦讀；吟誦。⓱蹇礙　阻礙；停滯。⓲調利　和諧流利。⓳蜂腰鶴膝　沈約論詩歌聲病「八病」（平頭、上尾、蜂腰、鶴膝、大韻、小韻、旁紐、正紐）中的兩種。蜂腰指五言詩的一句中第二字與第五字同聲，因其兩頭粗中間細；鶴膝指五言詩中第五字與第十五字同聲，因其兩頭細中間粗。

【語　譯】南齊時的王融，曾經對我說過：「聲調是與天地同生的，自古以來文人都不了解。只有顏延之才談論過聲調，但他談的其實是音律，也是大錯。我只知道范曄、謝莊，頗能懂得一些。我曾打算寫一篇知音論，但沒有寫成。」王融首創聲病之說，謝朓、沈約推波助瀾。這三位賢達都是貴族高門子弟，從小就有文思辯才。因此文人學士仰慕追隨，作詩務求聲韻嚴密，繁瑣細緻，如同衣裙上的褶襉，以此相互爭勝，力求超越他人。所以使語言過多拘束避忌，損害了詩歌的自然之美。我認為詩歌本來就是能誦讀的，不能晦澀拗口，只須清濁得體通暢流利，讀起來和諧上口，這就足夠了。至於平上去入的要求，那恐怕是我做不到的；而蜂腰鶴膝，在民間的歌謠中也早已有了。

陳思贈弟❶，仲宣〈七哀〉❷，公幹思友❸，阮籍〈詠懷〉❹，少卿雙鳧❺，叔夜雙鸞❻，茂先寒夕❼，平叔衣單❽，安仁倦暑❾，景陽苦雨❿，靈運〈鄴中〉⓫，士衡〈擬古〉⓬，越石感亂⓭，景純詠仙⓮，王微風月⓯，謝客山泉⓰，叔源離宴⓱，鮑照戍邊⓲，太沖〈詠史〉⓳，顏延入洛⓴，陶公〈詠貧〉㉑之製，惠連〈擣衣〉㉒之作，斯皆五言之警策者也，所以謂篇章之珠澤㉓，文采之鄧林㉔。

【章　旨】此節列舉漢魏以來五言詩之名篇佳作。

【注　釋】❶陳思贈弟　指曹植的〈贈白馬王彪詩〉。❷仲宣七哀　指王粲的〈七哀詩〉。❸公幹思友　指劉楨的〈贈徐幹詩〉，其中有句云：「思子沉心曲，長嘆不能言。」❹阮籍詠懷　指阮籍的〈詠懷〉八十二首。❺少

卿雙鳧　指李陵（字少卿）的〈與蘇武詩〉，其中有句云：「雙鳧俱北飛，一鳧獨南翔」。❻叔夜雙鸞　指嵇康（字叔夜）贈其兄嵇喜的〈贈秀才入軍詩〉，其中有「雙鸞匿景曜」之句。❼茂先寒夕　指張華（字茂先）的〈雜詩〉，其中有「繁霜降當夕」之句。❽平叔衣單　指何晏（字平叔）的詩句，其句中當述及衣單之意，原詩已佚。❾安仁倦暑　指潘岳（字安仁）的〈在懷縣作詩二首〉，其中有句云：「初伏啟新節，隆暑方赫羲」。❿景陽苦雨　指張協（字景陽）的〈雜詩〉十首，其中有「飛雨灑朝蘭」、「密雨如散絲」、「洪潦浩方割，人懷昏墊情」等句。⓫靈運鄴中　指謝靈運〈擬魏太子鄴中集詩〉八首。⓬士衡擬古　指陸機（字士衡）的〈擬古詩〉十二首。⓭越石感亂　指劉琨（字越石）的〈扶風歌〉等詩，均為感亂而作。⓮景純詠仙　指郭璞（字景純）的〈遊仙詩〉十四首。⓯王微風月　指王微描寫風月（寫景）的詩，已佚。⓰謝客山泉　指謝靈運的山水詩。謝客，參《詩品》上品「宋臨川太守謝靈運」。⓱叔源離宴　指謝混（字叔源）的〈送二王在領軍府集詩〉，其中有「樂酒輟今辰，離端起來日」的詩句。⓲鮑照戍邊　指鮑照的〈代出自薊北門行〉，是詠戍邊之作。⓳太沖詠史　指左思（字太沖）的〈詠史〉八首。⓴顏延入洛　指顏延之的〈北使洛詩〉。㉑陶公詠貧　指陶淵明的〈詠貧士詩〉七首。㉒惠連擣衣　指謝惠連的〈擣衣詩〉。㉓珠澤　出產珍珠的澤地。《穆天子傳》云：「天子北征，舍於珠澤。」原注：「此澤出珠，因名之云。」㉔鄧林　神話中的樹林。《山海經・海外北經》：「夸父與日逐走，入日……，棄其杖，化為鄧林。」按：許文雨《鍾嶸詩品講疏》引鄭文焯校云：「自陳思贈弟句，並有韻之文，故疑末句當以『澤』字煞。」若依鄭說，則末二句位置當互換。

【語　譯】曹植贈弟弟的〈贈白馬王彪詩〉，王粲的〈七哀詩〉，劉楨思念朋友的〈贈徐幹詩〉，阮籍的〈詠懷〉詩，李陵的〈與蘇武詩〉，嵇康的〈贈秀才入軍詩〉，張華的〈雜詩〉，何晏的「衣單」之詩，潘岳倦於酷暑的〈在懷縣作詩〉，張協苦於淫雨的〈雜詩〉，謝靈運的〈擬魏太子鄴中集詩〉，陸機的〈擬古詩〉，劉琨感慨離亂的〈扶風歌〉，郭璞的〈遊仙詩〉，王微描寫風月的寫景詩，謝靈運描繪山林泉石的山水詩，謝混感傷離宴的〈送二王在領軍府集詩〉，鮑照抒發戍邊感慨的〈代出自薊北門行〉，左思的〈詠史〉，顏延之的〈北使洛〉，陶淵明的〈詠貧士詩〉，謝惠連的〈擣衣詩〉。這些都是五言詩中精妙的傑作，堪稱是詩歌作品中的寶庫，文章當中的神奇作品。

卷上

古詩

【題解】漢代以來流傳的無名氏所作的五言詩，因作者及年代不詳，通稱古詩。梁昭明太子蕭統在其所編的著名的《文選》卷二九中，選錄了當時傳世的無名氏古詩十九首。這就是後來流傳的「古詩十九首」一名的由來。《詩品》列為上品第一條的即是無名氏的古詩。後來的學者、評論家對古詩的作者及時代有各種不同的推測，雖然見仁見智，莫衷一是，但大抵都同意它們是漢代的作品。如南朝梁劉勰認為：「古詩佳麗，或稱枚叔，其〈孤竹〉一篇，則傅毅之詞。比采而推，兩漢之作乎？」（《文心雕龍・明詩》）這基本上是根據其詞采作推斷。鍾嶸本人在〈詩品序〉中，也從文體的角度肯定古詩是漢人的創作：「推其文體，固是炎漢之製，非衰周之倡也。」綜觀之，古詩以醇厚的韻味及對人生社會的深刻詠嘆，對後代詩歌創作產生了長遠影響，成為漢語五言詩最早的也是難以企及的典範。

其體源出於〈國風〉❶。陸機所擬十四首❷，文溫以麗，意悲而遠，驚心動魄❸，可謂幾乎一字千金❹！其外，「去者日以疎❺」四十五首，雖多哀怨，頗為總雜❻，舊疑是建安❼中曹、王❽所製。「客從遠方來❾」、「橘柚垂華實❿」，亦為驚絕矣！人代冥滅⓫，而清音⓬獨遠，悲夫！

【章　旨】此為《詩品》第一條，評古詩，許為「一字千金」。這些詩作流傳不滅，而時代和作者卻不能確定，鍾嶸認為這是令人遺憾的。

【注　釋】❶國風　中國最早的詩歌總集《詩經》由〈風〉、〈雅〉、〈頌〉三部分組成；其中，〈風〉是采自各地民間的詩歌，共有十五國風，統稱〈國風〉。清沈德潛《古詩源》卷四推闡鍾嶸之意曰：「十九首大率逐臣棄婦，朋友闊絕，死生新故之感。或寓言，或顯言，反覆低回，抑揚不盡，使讀者悲感無端，油然善入，此〈國風〉之遺也。」❷陸機所擬十四首　指被陸機作為模擬對象的十四篇古詩。魏晉以後，擬作古詩者甚眾，《文選》卷三〇所收載的陸機〈擬古詩〉即是這一類作品中較著名的。鍾嶸稱十四首，《文選》所錄僅十二首，另外兩首已失傳。❸驚心動魄　感人極深，震動人心。❹一字千金　據《史記》卷八五〈呂不韋列傳〉，秦國丞相呂不韋令門客著《呂氏春秋》，書成，公布於咸陽城門，聲稱若有人能增刪一字，即賞予千金。比喻詩文身價極高。❺去者日以疎　古詩中的一篇，其第一句為「去者日以疎」。古詩皆無篇題，所以通常用詩的第一句來稱呼。下面的「客從遠方來」、「橘柚垂華實」同此。其全篇見本條附錄。「去者日以疎」是「古詩十九首」中的一篇，可見《文選》所謂「十九首」與鍾嶸所謂「四十五首」是有交叉重疊的。❻總雜　龐雜。❼建安　漢獻帝劉協的年號，西元一九六至二一九年。❽曹王　指建安時代的著名詩人曹植、王粲。參看《詩品》上品「魏陳思王植」和「魏侍中王粲」。❾客從遠方來　詩見《文選》卷二九「古詩十九首」。❿橘柚垂華實　詩見《藝文類聚》卷八六等書。⓫人代冥滅　〈詩品序〉說：「古詩眇邈，人世難詳。」即此意。人，指詩作者的姓名。代，指其時代。冥滅謂其人其時皆沉寂不可探知。冥，幽晦。滅，絕跡。⓬清音　清妙的歌音。此指古詩作品。

【語　譯】它的詩體淵源來自於《詩經》的〈國風〉。陸機所模擬過的那十四首，文辭溫雅而典麗，詞意悲涼而蒼遠，讀來驚心動魄，幾乎可以說是一字千金了！此外還有「去者日以疎」等四十五首，雖然很多哀傷怨艾，其內容也相當龐雜，過去懷疑是漢末建安年間的曹植、王粲所創作的。「客從遠方來」、「橘柚垂華實」等詩，也讓人驚嘆為絕世佳作呀！如今這些詩人姓什名誰以及他們究竟生活在什麼年代，都渺茫不可追尋，只有他們清妙的歌聲還流傳到悠遠的世代，真是令人悲嘆啊！

【附　錄】

古詩五首

去者日以疎，生者日以親。出郭門直視，但見丘與墳。古墓犁為田，松柏摧為薪。白楊多悲風，蕭蕭愁殺人！思還故里閭，欲歸道無因。

客從遠方來，遺我一端綺。相去萬餘里，故人心尚爾。文綵雙鴛鴦，裁為合歡被。著以長相思，緣以結不解。以膠投漆中，誰能別離此。

橘柚垂華實，乃在深山側。聞君好我甘，竊獨自雕飾。委身玉盤中，歷年冀見食。芳菲不相投，青黃忽改色。人儻欲我知，因君為羽翼。

行行重行行，與君生別離。相去萬餘里，各在天一涯。道路阻且長，會面安可知。胡馬依北風，越鳥巢南枝。相去日已遠，衣帶日已緩。浮雲蔽白日，遊子不顧返。思君令人老，歲月忽已晚。棄捐勿復道，努力加餐飯。

孟冬寒氣至，北風何慘慄。愁多知夜長，仰觀眾星列。三五明月滿，四五蟾兔缺。客從遠方來，遺我一書札。上言長相思，下言久離別。置書懷袖中，三歲字不滅。一心抱區區，懼君不識察。

漢都尉李陵

【題解】李陵（西元前？～前七四年），字少卿，隴西成紀（今甘肅秦安人），西漢名將李廣的孫子。漢武帝時，任騎都尉。天漢二年（西元前九九年），率步兵五千人，擊匈奴，力盡矢絕而戰敗，降匈奴。匈奴用李陵為右校王，後病死。傳世有李陵與蘇武的贈答詩，後人頗有致疑者。如劉勰《文心雕龍・明詩》就認為：「成帝品錄三百餘篇，朝章國采，亦云周備，而辭人遺翰，莫見五言，所以李陵、班婕妤見疑於後代也。」但《昭明文選》卷二九卻收入李陵〈與蘇武詩〉三首；鍾嶸也將李陵詩列為上品，加以品評，並稱班婕妤詩「源出於李陵」，魏文帝詩也「源出於李陵」；這說明他們並不輕易斷言李陵詩是偽作。

其源出於楚辭❶。文多悽愴❷，怨者之流。陵，名家子❸，有殊才❹，生命不諧❺，聲頹身喪❻。使陵不遭辛苦❼，其文亦何能❽至此！

【章旨】鍾嶸承認李陵詩的真實性，並認為李陵詩的悽怨與楚辭一脈相承。這裏提到的「使陵不遭辛苦，其文亦何能至此！」，揭示了詩論家經常談到的人生經歷與詩歌風格的關係。

【注釋】❶楚辭　戰國時代楚國詩人屈原、宋玉、唐勒、景差等人所作的騷體作品的總稱，因其形式、語言及其中所抒寫的風物都具有強烈的楚國地方色彩，故稱楚辭。❷悽愴　悽涼悲愴。❸名家子　李陵是西漢名將李廣的孫子，所以稱為名家子。子，子孫。❹殊才　出類拔萃的才華。❺生命不諧　等於說人生坎坷、時運不濟。❻聲頹身喪　等於說身敗名裂。這裏指李陵戰敗投降匈奴一事。❼使陵不遭辛苦　假使李陵沒有遭遇後來那種艱難困苦的境遇。❽何能　怎麼能。

【語譯】李陵的詩淵源於楚辭。詩句大多是悽涼悲愴，屬於哀怨一類的。李陵是名門的後代，有著卓越的才華，命途坎坷，時運不濟，最後落得身敗名裂。假如李陵沒有陷入艱險困厄的境遇，他的詩又怎麼會寫得這麼哀傷幽怨呢！

【附錄】

與蘇武詩（選三首）

良時不再至，離別在須臾。屏營衢路側，執手野踟躕。仰視浮雲馳，奄忽互相踰。風波一失所，各在天一隅。長當從此別，且復立斯須。欲因晨風發，送子以賤軀。

嘉會難再遇，三載為千秋。臨河濯長纓，念子悵悠悠。遠望悲風至，對酒不能酬。行人懷往路，何以慰我愁。獨有盈觴酒，與子結綢繆。

攜手上河梁，遊子暮何之。徘徊蹊路側，悢悢不能辭。行人難久留，各言長相思。安知非日月，弦望自有時。努力崇明德，皓首以為期。

漢婕妤班姬

【題　解】婕妤是漢代宮廷的女官名。班姬名不詳，樓煩（今山西朔縣）人，班固祖姑，成帝時選入後宮，始為少使，後為婕妤。後趙飛燕姐妹專寵，班婕妤恐日久見危，乃自請居長信宮供養皇太后。成帝駕崩後，婕妤奉守園陵，死後葬於陵中。班婕妤詩雖然為《文選》卷二七收錄，《文選》李善注引《歌錄》亦曰：「〈怨歌行〉，古詞，然言古者有此曲，而班婕妤擬之。」鍾嶸《詩品》也信以為真，但由於《漢書》本傳只記其作〈自悼賦〉，未言作詩，因此，歷代於此致疑者仍不乏其人。劉勰在《文心雕龍．明詩》中已表示懷疑，宋人嚴羽《滄浪詩話．考證》也指出：「班婕妤〈怨歌行〉，《文選》直作班姬之名，《樂府》以為顏延年作。」另外，後代不少學者、評論家不同意鍾嶸認為班婕妤詩出於李陵的說法。如清人馬星翼說：「《詩品》謂班婕妤其源出於李陵，語甚無據。」（《東泉詩話》卷一）陳衍也認為：「婕妤身世尚與屈平相似，然亦從〈國風．綠衣〉、〈燕燕〉得來，謂出李陵，更擬於不倫矣。」（《鍾嶸詩品平議》卷上）。

其源出於李陵❶。〈團扇〉❷短章，詞旨清捷❸，怨深文綺❹，得匹婦❺之致。侏儒一節❻，可以知其工矣。

【章　旨】本條認為班婕妤詩出於李陵，又認為〈團扇〉是班婕妤的作品，對其評價甚高。這些看法在後代引起了爭議。

【注　釋】❶李陵　見上條。❷團扇　詩篇名。又名〈紈扇詩〉，《文選》卷二七作〈怨歌行〉，《玉臺新詠》卷一作〈怨詩〉。全詩五言十句，借團扇（圓扇）之口，抒發婦女憂懼被拋棄的幽怨情懷。舊題為班婕妤作。❸清捷　指修辭明朗簡淨。❹綺　綺麗。❺匹婦　一般女人。❻侏儒一節　桓譚《新論・道賦》：「諺曰：『侏儒見一節，而長短可知。』」比喻雖然只看到其一部分詩作，但卻可以窺一斑而見全豹。

【語　譯】班婕妤的詩淵源於李陵。她的短篇詩作〈團扇〉，詩意明朗有力，幽怨深沉，文辭綺麗，體現出了一個普通女人的深刻情懷。雖然我們只能看到她詩作的一小部分，卻可以從中看出她對詩歌有很深的造詣啊。

【附　錄】

團扇（《文選》卷二七作〈怨歌行〉）

新裂齊紈素，皎潔如霜雪。裁為合歡扇，團團似明月。出入君懷袖，動搖微風發。常恐秋節至，涼風奪炎熱。棄捐篋笥中，恩情中道絕。

魏陳思王植

【題解】曹植（西元一九二～二三二年），字子建，沛國譙（今安徽亳縣）人，魏武帝曹操第三子，少有才華，善為詩文，為曹操器重。建安十六年（西元二一一年）封平原侯，十九年（西元二一四年）封臨淄侯。曹操死後，曹植備受魏文帝曹丕和魏明帝曹叡的猜忌迫害，有志不展，鬱鬱寡歡。魏明帝太和六年（西元二三二年），封陳王，卒諡思，故後人稱為陳王、陳思王。曹植被公認是建安時代五言詩最傑出的代表，其詩以黃初元年（西元二二〇年）曹丕即位為界，前期歡快豪貴，後期則憤懣幽怨，文質彬彬，成就極高。原有集三十卷，已佚，後人輯有《曹子建集》。今人趙幼文有《曹植集校注》。

其源出於〈國風〉❶。骨氣❷奇高，詞采華茂❸，情兼〈雅〉怨❹，體被文質❺，粲溢今古❻，卓爾不群。嗟乎！陳思之於文章也，譬人倫❼之有周、孔❽，鱗羽❾之有龍鳳❿，音樂之有琴笙⓫，女工⓬之有黼黻⓭。俾⓮爾懷鉛吮墨者⓯，抱篇章而景慕⓰，映餘輝以自燭。故孔氏之門如用詩，則公幹升堂，思王入室，景陽、潘、陸，自可坐於廊廡之間矣⑰。

【章旨】本條評曹植詩，指出其淵源所自，繼而從骨氣、詞采、詩情、文體等方面加以分析，並通過比喻和比較，給曹植詩作以極為崇高的評價。與曹植相比，同列上品的劉楨、張協、陸機、潘岳等人皆略遜一籌。

【注釋】❶其源出於國風　宋張戒《歲寒堂詩話》卷上：「觀子建『明月照高樓』、『高臺多悲風』、『南國有佳人』、『驚風飄白日』、『謁帝承明廬』等篇，鏗鏘音節，抑揚態度，溫潤清和，金聲而玉振之，辭不迫切而意已獨至，與三百五篇異世同律，此所謂韻不可及也。」❷骨氣　即氣骨。氣骨，在古代文論中指情和辭、文與質、志和筆的融合和統一體。明胡應麟《詩藪》內編卷二：「陳王才藻宏富，骨氣雄高，八斗之稱，良非溢美。」❸詞采華茂　曹植詩如〈名都篇〉、〈白馬篇〉、〈美女篇〉等，都是「辭極贍麗」，「句頗尚工，語多致飾」（《詩藪》內編卷二）。❹情兼雅怨　詩的內容中兼有〈小雅〉的怨刺。〈雅〉，指《詩經》中〈小雅〉，大多是西周後期的詩作，針對當時的社會問題，不少士人發為怨刺之作。《史記・屈原賈生列傳》：「〈國風〉好色而不淫，〈小雅〉怨誹而不亂，若〈離騷〉者，可謂兼之矣。」❺體被文質　文體表現為文質彬彬。沈約《宋書・謝靈運傳論》也說：「二祖（魏武帝曹操、魏文帝曹丕）陳王，咸蓄盛藻，甫乃以情緯文，以文被質。」❻粲溢今古　光輝蓋過古往今來的詩人。❼人倫　人類。❽周孔　周公、孔子。儒家所尊崇的聖人。❾鱗羽　鱗甲類動物和羽毛類動物。❿龍鳳　在古代觀念中，龍鳳是動物中的尊長，也常被比附為人類的帝王。⓫琴笙　嵇康〈琴賦序〉：「眾器之中，琴德最優。」潘岳〈笙賦〉：「惟笙也，能總眾清之林。」⓬女工　女子的工作。指紡織刺繡之類。⓭黼黻　古代禮服上所繡的黑白相間的花紋。泛指美麗的紋飾。⓮俾　使。⓯懷鉛吮墨者　準備寫作的人。泛指文人。鉛、墨都是古代書寫用的工具，懷鉛吮墨都是寫作前的準備。⓰景慕　欽佩仰慕。⓱故孔氏之門如用詩五句　坐於廊廡之間、升堂、入室，比喻成就造詣越來越高，這裏用比喻和對照說明曹植和劉楨（公幹）、張協（景陽）、潘岳、陸機等人的地位。此語出自《論語・先進》：「子曰：『由（子路）也升堂矣，未入於室也。』」和揚雄《法言・吾子》：「如孔氏之門用賦也，則賈誼升堂，相如入室矣。」孔氏，孔子。堂，正廳。室，內室。廊廡，廂房。

【語　譯】曹植的詩歌淵源於〈國風〉，風骨出奇的高妙，詞采華麗茂密，情感中兼有〈小雅〉式的怨刺，文體看上去文質彬彬，光輝照射，壓過了古往今來的詩人，卓然獨立，無人可比。啊！曹植在文章領域，就好比人類中的周公、孔子，動物中的龍鳳，音樂中的琴和笙，紡織刺繡中最美麗的紋飾。讓那些躍躍欲試的詩人文士，捧著他的詩文作品，充滿了敬慕，用他的餘輝照亮自己。所以，如果孔子的門下要用詩歌來評論高下，那麼可以說，劉楨登上了正廳，曹植進入了內室，而張協、潘岳、陸機自然也可以在廂房之間坐坐了。

【附　錄】

七哀詩

明月照高樓，流光正徘徊。上有愁思婦，悲嘆有餘哀。借問嘆者誰，言是客子妻。君行逾十年，孤妾常獨棲。君若清路塵，妾若濁水泥。浮沉各異勢，會合何時諧。願為西南風，長逝入君懷。君懷良不開，賤妾當何依。

送應氏詩二首

步登北芒阪，遙望洛陽山。洛陽何寂寞，宮室盡燒焚。垣牆皆頓擗，荊棘上參天。不見舊耆老，但睹新少年。側足無行徑，荒疇不復田。遊子久不歸，不識陌與阡。中野何蕭條，千里無人煙。念我平常居，氣結不能言。

清時難屢得，嘉會不可常。天地無終極，人命若朝霜。願得展嬿婉，我友之朔方。親昵並集送，置酒此河陽。中饋豈獨薄，賓飲不盡觴。愛至望苦深，豈不愧中腸。山川阻且遠，別促會日長。願為比翼鳥，施翮起高翔。

贈白馬王彪

謁帝承明廬，逝將歸舊疆。清晨發皇邑，日夕過首陽。伊洛廣且深，欲濟川無梁。泛舟越洪濤，怨彼東路長。顧瞻戀城闕，引領情內傷。太谷何寥廓，山樹鬱蒼蒼。霖雨泥我塗，流潦浩縱横。中逵絕無軌，改轍登高岡。修阪造雲日，我馬玄以黃。玄黃猶能進，我思鬱以紆。鬱紆將難進，親愛在離居。本圖相與偕，中更不克俱。鴟梟鳴衡軛，豺狼當路衢。蒼蠅間白黑，讒巧令親疎。欲還絕無蹊，攬轡止踟躕。踟躕亦何留，相思無終極。秋風發微涼，寒蟬鳴我側。原野何蕭條，白日忽西匿。歸鳥赴喬林，翩翩厲羽翼。孤獸走索群，銜草不遑食。感物傷我懷，撫心長太息。太息將何為，天命與我違。奈何念同生，一往形不歸。孤魂翔故城，靈柩寄京師。存者忽復過，亡沒身自衰。人生處一世，去若朝露晞。年在桑榆間，影響不能追。自顧非金石，咄唶令心悲。心悲動我神，棄置莫復陳。丈夫志四海，萬里猶比鄰。恩愛苟不虧，在遠分日親。何必同衾幬，然後展殷勤。憂思成疾疹，無乃兒女仁。倉卒骨肉情，能不懷苦辛。苦辛何慮思，天命信可疑。虛無求列仙，松子久吾欺。變故在斯須，百年誰能持。離別永無會，執手將何時。王其愛玉體，俱享黃髮期。收淚即長路，援筆從此辭。

雜詩（選三首）

高臺多悲風，朝日照北林，之子在萬里，江湖迥且深。方舟安可極，離思故難任。孤雁飛南遊，過庭長哀吟。翹思慕遠人，願欲託遺音。形影忽不見，翩翩傷我心。

南國有佳人，容華若桃李。朝遊江北岸，日夕宿湘沚。時俗薄朱顏，誰為發皓齒。俛仰歲將暮，榮耀難久恃。

僕夫早嚴駕，吾將遠行遊。遠遊欲何之，吳國為我仇。將騁萬里塗，東路安足由。江介多悲風，淮泗馳急流。願欲一輕濟，惜哉無方舟。閒居非吾志，甘心赴國憂。

魏文學劉楨

【題解】劉楨（西元?～二一七年），字公幹，東平（今屬山東省）人。「建安七子」之一。少有逸氣文才，為曹操所用，任丞相掾屬。其詩慷慨多奇，存世不多，而當時頗負重名，與曹植並稱「曹劉」。原有集四卷，已佚，明人輯有《劉公幹集》。今人俞紹初有《建安七子集》。

其源出於古詩❶。仗氣愛奇❷，動多❸振絕。真骨❹凌霜，高風跨俗。但氣過其文，雕潤❺恨少。然自陳思以下，楨稱獨步❻。

【章旨】本條評劉楨詩。劉楨詩出於古詩，多奇氣而少雕潤，但除了曹植，仍然獨步當時。

【注釋】❶古詩　見《詩品》上品「古詩」條。唐皎然《詩式》：「（劉楨）不拘對屬，偶或有之，語與興驅，勢逐情起，不由作意，氣格自高，與『十九首』其流一也。」❷仗氣愛奇　仗著自己的壯氣而著意好奇。謝靈運〈擬魏太子鄴中集劉楨詩序〉：「劉楨卓犖偏人，而文最有氣，所得頗經奇。」❸動多　常常；往往。❹真骨　一作「貞骨」，意同。❺雕潤　雕飾潤色。❻楨稱獨步　這也是當時人的看法。曹丕〈與吳質書〉：「（劉楨）五言詩之善者，妙絕時人。」

【語譯】劉楨的詩淵源於古詩，憑藉自己的氣勢而慷慨好奇，往往意氣風發，與眾不同。他貞勁的氣骨凌越嚴霜，高潔的風格超越塵俗，但氣勢多於文采，雕飾潤色方面略嫌不足。然而在曹植以外，劉楨可以說獨步一時。

【附　錄】

贈從弟三首

汎汎東流水，磷磷水中石。蘋藻生其涯，華葉紛擾溺。采之薦宗廟，可以羞嘉客。豈無園中葵，懿此出深澤。

亭亭山上松，瑟瑟谷中風。風聲一何盛，松枝一何勁。冰霜正慘悽，終歲常端正。豈不罹凝寒，松柏有本性。

鳳皇集南嶽，徘徊孤竹根。於心有不厭，奮翅凌紫氛。豈不常勤苦，羞與黃雀群。何時當來儀，將須聖明君。

魏侍中王粲

【題　解】王粲（西元一七七～二一七年），字仲宣，山陽高平（今山東鄒縣）人，「建安七子」之一。出身世家，年少以文才著名。漢末避亂荊州，依劉表，表不能用。後歸曹操，為丞相掾，賜爵關內侯，遷軍謀祭酒，官至侍中。粲能詩善賦，其詩慷慨悽愴，大有建安之風。原有集十一卷，已佚，明人輯有《王侍中集》。今人俞紹初有《建安七子集》。

其源出於李陵❶。發愀愴❷之詞，文秀而質羸❸。在曹、劉間，別構一體❹。方❺陳思不足，比魏文❻有餘。

【章　旨】本條評王粲詩，指出其風格特點及長短所在，並在與同時的其他詩人的比較中，突出王粲的地位。

【注　釋】❶李陵　《詩品》列上品，稱其「文多悽愴，怨者之流」。❷愀愴　悽愴悲傷。謝靈運〈擬魏太子鄴中集王粲詩序〉：「（王粲）家本秦川，貴公子孫，遭亂流寓，自傷情多。」❸文秀而質羸　文采秀麗而氣勢羸弱。曹丕〈與吳質書〉：「仲宣獨自善於辭賦，惜其體弱，不足起其文。」意思與此相近。❹在曹劉間二句　《詩品》稱曹植「體被文質」，是文質彬彬；劉楨「氣過其文，雕潤恨少」，是質多文少；王粲則是「文秀而質羸」，又偏於文之一端，與前二人不同，所以說「別構一體」。❺方　比。❻魏文　魏文帝曹丕。《詩品》中品評曹丕「其源出於李陵，頗有仲宣之體則。」

【語　譯】王粲的詩歌淵源於李陵，寫下了悽愴悲傷的詩作。文采秀麗而氣勢羸弱，在曹植、劉楨之間另成一種體格。上比曹植有所不足，下比曹丕則綽綽有餘。

【附　錄】

七哀詩（選二首）

西京亂無象，豺虎方遘患。復棄中國去，遠身適荊蠻。親戚對我悲，朋友相追攀。出門無所見，白骨蔽平原。路有飢婦人，抱子棄草間。顧聞號泣聲，揮涕獨不還。未知身死處，何能兩相完。驅馬棄之去，不忍聽此言。南登灞陵岸，回首望長安。悟彼下泉人，喟然傷心肝。

荊蠻非我鄉，何為久滯淫。方舟溯大江，日暮愁我心。山岡有餘映，巖阿增重陰。狐狸馳赴穴，飛鳥翔故林。流波激清響，猴猿臨岸吟。迅風拂裳袂，白露沾衣衿。獨夜不能寐，攝衣起撫琴。絲桐感人情，為我發悲音。羈旅無終極，憂思壯難任。

晉步兵阮籍

【題　解】阮籍（西元二一〇～二六三年），字嗣宗，陳留尉氏（今屬河南省）人。其父阮瑀為「建安七子」之一。籍好老莊，志氣宏放，為「竹林七賢」之一。魏高貴鄉公時，封為關內侯，曾任散騎常侍、東平相等職，後自求為步兵校尉，故世稱阮步兵。魏晉之際，天下多故，籍鄙夷司馬氏的虛偽名教和篡逆行為，政治上採取不合作的態度，以酣飲為自我掩護，卻無法消除內心的深刻痛苦。其組詩〈詠懷〉詩傷時憫亂，語含譏刺，而詞旨深微，難以落實。原有集十三卷，已佚，明人輯有《阮步兵集》。近人黃節有《阮步兵詠懷詩注》。

其源出於〈小雅〉❶。無雕蟲❷之巧。而〈詠懷〉❸之作，可以陶性靈❹，發幽思。言在耳目之內，情寄八荒之表❺，洋洋乎❻會於〈風〉、〈雅〉❼，使人忘其鄙近，自致遠大。頗多感慨之詞，厥旨淵放❽，歸趣難求❾。顏延年注解❿，怯言其志⓫。

【章　旨】本條評阮籍詩，指出其淵源所自，並重點評述了阮籍的〈詠懷〉詩。

【注　釋】❶其源出於小雅　黃節〈阮步兵詠懷詩注自敘〉：「今注嗣宗詩，開篇『鴻號』、『翔鳥』、『徘徊』、『傷心』，視〈四牡〉之詩『翩翩者鵻，載飛載下，集於苞栩』，『王事靡盬，我心傷悲』，抑復何異？嗣宗其〈小雅〉詩人之志乎！」❷雕蟲　本義為秦書八體中纖巧難工的蟲書，後來比喻雕鑿。❸詠懷　組詩名，非一時一地所作，今存九十五首，其中五言八十二首，四言十三首。❹陶性靈　陶冶性情。❺情寄八荒之表　情意寄託在八荒之外。形容情意極其深遠。八荒，八個方向荒遠的地方。❻洋洋乎　形容優美盛大的樣子。《論語・泰伯》：「子曰：『師摯之始，〈關雎〉之亂，洋洋乎盈耳哉！』」❼會於風雅　合於〈國風〉、〈小雅〉。❽厥旨淵放　它們的意旨深遠，這也就是《文心雕龍・明詩》所謂「阮旨遙深。」厥，其。❾歸趣難求　《文選》卷二三阮籍〈詠懷詩〉顏延年注：「嗣宗身仕亂朝，常恐罹謗遇禍，因茲發詠，故每有憂生之嗟，雖志在刺譏，而文多隱避，百代之下，難以情測。」❿顏延年注解　見《文選》卷二三阮籍〈詠懷詩〉李善注引。顏延年，詳見《詩品》中品「顏延之」。⓫怯言其志　《文選》卷二三阮籍〈詠懷詩〉顏延年注：「故粗明大意，略其幽旨也。」姚範《援鶉堂筆記》卷三八：「夫阮旨淵放，歸趣難求，昔人之所怯言。而必一一舉其事以實之，豈悉合哉？」

【語　譯】阮籍的詩歌淵源自〈小雅〉，沒有詞句雕鑿的巧妙。而他的〈詠懷〉詩這一組作品，可以陶冶性靈，啟發深幽的情思。表現上寫的都是日常見聞的一般事物，內心的情感卻寄託在極其深遠的地方，這與〈國風〉、〈小雅〉的精神是多麼相合啊！使人忘記了自己的鄙俗平凡，朝著高遠宏大的境界努力。詩中頗多感慨的內容。其中的旨意十分深遠飄忽，究竟所指為何也難以求索。顏延年為詩做注解時，亦不敢一一落實詩的主題。

【附　錄】

詠懷詩（選六首）

夜中不能寐，起坐彈鳴琴。薄帷鑑明月，清風吹我衿。孤鴻號外野，朔鳥鳴北林。徘徊將何見，憂思獨傷心。

二妃遊江濱，逍遙順風翔。交甫懷環佩，婉孌有芬芳。猗靡情歡愛，千載不相忘。傾城迷下蔡，容好結中腸。感激生憂思，諼草樹蘭房。膏沐為誰施，其雨怨朝陽。如何金石交，一旦更離傷。

嘉樹下成蹊，東園桃與李。秋風吹飛藿，零落從此始。繁華有憔悴，堂上生荊杞。驅馬舍之去，去上西山趾。一身不自保，何況戀妻子。凝霜被野草，歲暮亦云已。

天馬出西北，由來從東道。春秋非有託，富貴焉常保。清露被皋蘭，凝霜霑野草。朝為媚少年，夕暮成醜老。自非王子晉，誰能常美好。

昔年十四五，志尚好書詩。被褐懷珠玉，顏閔相與期。開軒臨四野，登高望所思。丘墓蔽山岡，萬代同一時。千秋萬歲後，榮名安所之。乃悟羨門子，噭噭今自蚩。

獨坐空堂上，誰可與歡者。出門臨永路，不見行車馬。登高望九州，悠悠分曠野。孤鳥西北飛，離獸東南下。日暮思親友，晤言用自寫。

晉平原相陸機

【題解】陸機（西元二六一～三〇三年），字士衡，吳郡吳縣華亭（今上海市松江區）人。出身吳郡大族。祖父陸遜、父親陸抗是三國時吳國名將。太康末年，與其弟陸雲同至洛陽，文才傾動一時，稱為「二陸」。曾任平原內史，故稱「陸平原」。後任成都王司馬穎後將軍，兵敗被讒，遭穎殺。其詩多擬古之作，重詞藻形式，也善駢文，著有〈文賦〉，是重要的文學論文。原有集，已佚，後人輯有《陸士衡集》。如清代王士禎認為陸機宜置於中品（《漁洋詩話》卷下）。

其源出於陳思❶。才高辭贍❷，舉體❸華美。氣少於公幹❹，文劣於仲宣❺。尚規矩，貴綺錯❻，有傷直致之奇。然其咀嚼英華，厭飫膏澤❼，文章之淵泉也。張公歎其大才❽，信❾矣。

【章旨】此條論陸機詩出於曹植，根據其優劣所在加以權衡，列為上品。

【注釋】❶其源出於陳思　明許學夷《詩源辨體》卷五第八條云：「士衡樂府五言，體制聲調與子建相類。」清何焯《義門讀書記》卷四七云：「陸士衡樂府數詩，沉著痛快，可以直追曹、王。」所見與鍾嶸同。陳思，曹植。❷辭贍　文辭豐富。❸舉體　通體。這裏指整體風格。❹氣少於公幹　氣勢不如劉楨。❺文劣於仲宣文采不如王粲。❻綺錯　指文采華美。❼咀嚼英華二句　謂陸機熟讀優秀的作品，精於鑑賞精美的詞句。英華，比喻精美的詞句。厭飫，飽足。膏澤，比喻優秀的作品。❽張公嘆其大才　《世說新語・文學》注引《文章傳》曰：「機善屬文，司空張華見其文章，篇篇稱善。猶譏其作文大治，謂曰：『人之作文，患於不才；至子為文，乃患太多也。』」張華，《詩品》列在中品。❾信　確實。

【語　譯】陸機的詩源出於曹植。才氣高妙，文辭豐富，作品整體華麗秀美。但骨氣比劉楨弱些，文采比王粲差些。他作詩講究規矩，崇尚華美，有害於直率表達詩情之妙。但他賞玩揣摩華美的詞章，飽讀那些優秀的文學作品，堪稱是文學創作的源泉。張華曾讚嘆他有大才，確實如此。

【附　錄】

赴洛道中作二首

總轡登長路，嗚咽辭密親。借問子何之？世網嬰我身。永嘆遵北渚，遺思結南津。行行遂已遠，野途曠無人。山澤紛紆餘，林薄杳阡眠。虎嘯深谷底，雞鳴高樹巔。哀風中夜流，孤獸更我前。悲情觸物感，沉思鬱纏綿。佇立望故鄉，顧影悽自憐。

遠遊越山川，山川修且廣。振策陟崇丘，按轡遵平莽。夕息抱影寐，朝徂銜思往。頓轡倚嵩巖，側聽悲風響。清露墜素輝，明月一何朗。撫機不能寐，振衣獨長想。

擬明月何皎皎

安寢北堂上，明月入我牖。照之有餘暉，攬之不盈手。涼風繞曲房，寒蟬鳴高柳。踟躕感節物，我行永已久。遊宦會無成，離思難常守。

為顧彥先贈婦（選一首）

辭家遠行遊，悠悠三千里。京洛多風塵，素衣化為緇。修身悼憂苦，感念同懷子。降思亂心曲，沉歡滯不起。歡沉難剋興，心亂誰為理。願假歸鴻翼，翻飛浙江汜。

晉黃門郎潘岳

【題　解】潘岳（西元二四四～三〇〇年），字安仁，滎陽中牟（今屬河南省）人。曾任河陽令、著作郎、給事黃門侍郎等職。岳美姿儀，善詩賦，文辭華靡。與陸機齊名，時人稱為潘陸。原有集，已佚，明人輯有《潘黃門集》。

其源出於仲宣❶。《翰林》嘆其「翩翩然如翔禽之有羽毛，衣服之有綃縠❷，猶淺於陸機❸」。謝混❹云：「潘詩爛若舒錦❺，無處不佳；陸文如披沙簡金❻，往往見寶。」嶸謂益壽輕華❼，故以潘為勝；《翰林》篤❽論，故嘆陸為深。余嘗言：「陸才如海，潘才如江❾。」

【章　旨】本條論潘岳詩，先引李充、謝混二家之說，繼而提出自己的看法。

【注　釋】❶其源出於仲宣　沈約《宋書・謝靈運傳論》云：「潘、陸特秀，體變曹、王。」與鍾嶸所見同。仲宣即王粲。❷翰林嘆其二句　東晉李充所著《翰林論》，原書已佚。《初學記》卷二〇引《翰林論》云：「潘安仁之為文也，猶翔禽之羽毛，衣被之綃縠。」翩翩然，形容文采翩翩的樣子。綃縠，絲織品上的紋彩。❸猶

淺於陸機　《世說新語・文學》引孫綽（興公）語云：「潘文淺而淨，陸文深而蕪。」據此，可知李充持論與孫綽同。❹謝混　詳見《詩品》中品。本條所引謝混語，與《世說新語・文學》所引孫綽（興公）語相同，蓋當時傳聞有不同，故記述也有歧異。❺舒錦　展開的絲織品。❻披沙簡金　撥開沙子，挑揀金子。❼益壽輕華　益壽，謝混的字。輕華，輕視張華。《世說新語・文學》注引《文章傳》曰：「機善屬文，司空張華見其文章，篇篇稱善。」謝混抑陸揚潘，實反張華之說。❽篤　切實。❾陸才如海二句　《晉書・潘岳傳》史臣曰：「機文喻海，韞蓬山而育蕪；岳藻如江，濯美錦而增絢。」即化用鍾嶸此語。

【語　譯】潘岳的詩源出於王粲。李充《翰林論》曾讚嘆他「文采翩翩，就像飛鳥的美麗羽毛，又如衣服上錦繡的花紋，但相較於陸機，意旨則過於淺露。」謝混說：「潘岳的詩華美燦爛，像鋪展開的錦繡絲綢，沒有一處不美麗；而陸機的詩就像撥開沙粒篩選金子，常常能發現寶藏。」我認為謝混因為輕視張華，所以認為潘岳勝過陸機；李充《翰林論》的評論很切實，所以讚嘆陸機的深妙。我曾說：「陸機之文才如同大海，潘岳之文才好比長江。」

【附　錄】

悼亡詩（選一首）

荏苒冬春謝，寒暑忽流易。之子歸窮泉，重壤永幽隔。私懷誰克從，淹留亦何益？僶俛恭朝命，迴心反初役。望廬思其人，入室想所歷。幃屏無髣髴，翰墨有餘跡。流芳未及歇，遺挂猶在壁。悵怳如或存，周遑忡驚惕。如彼翰林鳥，雙棲一朝隻。如彼遊川魚，比目中路析。春風緣隙來，晨霤承簷滴。寢息何時忘，沉憂日盈積。庶幾有時衰，莊缶猶可擊。

在懷縣作

南陸迎修景，朱明送末垂。初伏啟新節，隆暑方赫羲。朝想慶雲興，夕遲白日移。揮汗辭中宇，登城臨清池。涼飆自遠集，輕襟隨風吹。靈圃耀華果，通衢列高椅。瓜瓞蔓長苞，薑芋紛廣畦。稻栽肅芊芊，黍苗何離離。虛薄乏時用，位微名日卑。驅役宰兩邑，政績竟無施。自我違京輦，四載迄於斯。器非廊廟姿，屢出固其宜。徒懷越鳥志，眷戀想南枝。春秋代遷逝，四運紛可喜。寵辱易不驚，戀本難為思。

晉黃門郎張協

【題解】張協（西元二五五？～三一〇年？），字景陽，安平（今屬河北省）人，與兄載、弟亢並稱「三張」，而詩才最為突出。為人沖退淡泊，官至河間內史，永嘉初，徵為黃門侍郎，見天下大亂，遂託疾不就，隱居草萊，以吟詠自娛。原有集，已佚，明人將其作品與其兄張載的作品合編為《張孟陽景陽集》。

其源出於王粲❶。文體華淨❷，少病累❸，又巧構形似❹之言。雄於潘岳，靡於太沖❺。風流調達❻，實曠代❼之高手。詞采蔥蒨❽，音韻鏗鏘，使人味之亹亹不倦❾。

【章旨】本條論張協詩，評價特高，不僅拔萃於三張之中，而且有超過潘岳、左思之處。

【注釋】❶其源出於王粲　江淹〈雜體詩序〉：「仲宣文多兼善，辭少瑕累。」與本條論張協詩長處正同，也是張協源出王粲的證明。❷華淨　華美潔淨。❸少病累　少有陳言累句之弊。❹形似　準確生動地描寫景物。❺太沖　即左思，見《詩品》上品。❻調達　瀟灑通脫。❼曠代　空前；絕代。❽蔥蒨　青翠茂盛的樣子。❾亹亹不倦　勤勉不倦的樣子。語出《詩經・大雅》：「亹亹文王，令聞不已。」

【語　譯】張協的詩源出於王粲。詩文華美潔淨，很少陳言累句的毛病，又善於巧妙準確地描繪景物。比潘岳雄健，比左思綺靡。詩風瀟灑通脫，實在是一代高手。他的詩詞采富盛美麗，音節鏗鏘有力，使人讀起來一點都不覺得厭倦。

【附　錄】

雜詩（選四首）

秋夜涼風起，清氣蕩暄濁。蜻蛚吟階下，飛蛾拂明燭。君子從遠役，佳人守煢獨。離居幾何時，鑽燧忽改木。房櫳無行跡，庭草萋以綠。青苔依空牆，蜘蛛網四屋。感物多所懷，沉憂結心曲。

大火流坤維，白日馳西陸。浮陽映翠林，迴飆扇綠竹。飛雨灑朝蘭，輕露棲叢菊。龍蟄暄氣凝，天高萬物肅。弱條不重結，芳蕤豈再馥。人生瀛海內，忽如鳥過目。川上之嘆逝，前修以自勗。

朝霞迎白日，丹氣臨湯谷。翳翳結繁雲，森森散雨足。輕風摧勁草，凝霜竦高木。密葉日夜疏，叢林森如束。疇昔嘆時遲，晚節悲年促。歲暮懷百憂，將從季主卜。

昔我資章甫，聊以適諸越。行行入幽荒，甌駱從祝髮。窮年非所用，此貨將安設。瓴甋誇璵璠，魚目笑明月。不見郢中歌，能否居然別。〈陽春〉無和者，〈巴人〉皆下節。流俗多昏迷，此理誰能察。

晉記室左思

【題解】左思（生卒年不詳），字太沖，齊國臨淄（今屬山東省）人。晉武帝時，妹左棻入宮，思亦入京，官祕書郎。後齊王命為記室，以疾辭不就。左思容貌醜陋，拙於言辭，而辭采壯麗，集十年之力成〈三都賦〉，一時傳抄，洛陽為之紙貴。詩以〈詠史詩〉八首最著名。原有集，已佚，明人輯有《左太沖集》。

其源出於公幹❶。文典❷以怨，頗為精切，得諷諭之致。雖野❸於陸機，而深於潘岳。謝康樂❹嘗言：「左太沖詩，潘安仁詩，古今難比。」

【章旨】本條論左思詩，除指出其典怨精切有諷諭的特點之外，還通過與潘岳、陸機的比較，給左思的風格以準確的定位。

【注釋】❶其源出於公幹　劉熙載《藝概・詩概》云：「劉公幹、左太沖，壯而不悲。」亦是將兩人相提並論。公幹，即劉楨。❷典　典雅。❸野　質樸；缺乏文采。語本《論語・雍也》：「質勝文則野，文勝質則史。」此指左思文詞不似陸機雕飾。❹謝康樂　即謝靈運，見《詩品》上品。謝氏此語出自何處，已不可考。

【語譯】左思的詩源出於劉楨。文詞典雅而有憂怨，相當精當切要，表現出諷諭的情致。雖然比陸機缺少文采，但卻比潘岳深刻。謝靈運曾經說：「左思的詩，潘岳的詩，從古到今，很難有人可以相比。」

【附　錄】

詠史詩（選四首）

弱冠弄柔翰，卓犖觀群書。著論準〈過秦〉，作賦擬〈子虛〉。邊城苦鳴鏑，羽檄飛京都。雖非甲冑士，疇昔覽穰苴。長嘯激清風，志若無東吳。鉛刀貴一割，夢想騁良圖。左眄澄江湘，右盼定羌胡。功成不受爵，長揖歸田廬。

鬱鬱澗底松，離離山上苗。以彼徑寸莖，蔭此百尺條。世冑躡高位，英俊沉下僚。地勢使之然，由來非一朝。金張藉舊業，七葉珥漢貂。馮公豈不偉，白首不見招。

皓天舒白日，靈景耀神州。列宅紫宮裏，飛宇若雲浮。峨峨高門內，藹藹皆王侯。自非攀龍客，何為欻來遊。被褐出閶闔，高步追許由。振衣千仞岡，濯足萬里流。

荊軻飲燕市，酒酣氣益震。哀歌和漸離，謂若傍無人。雖無壯士節，與世亦殊倫。高眄邈四海，豪右何足陳。貴者雖自貴，視之若埃塵。賤者雖自賤，重之若千鈞。

宋臨川太守謝靈運

【題解】謝靈運（西元三八五～四三三年），祖籍陳郡陽夏（今河南太康），東晉時南遷江南，為當時一等高門世族。靈運為東晉名將謝玄之孫，襲封康樂公，世稱謝康樂。入宋，降爵為侯。武帝時，為太尉參軍，後遷太子右衛率；少帝時，貶為永嘉太守；文帝時，任臨川太守。不久以謀反被誅。靈運才學富贍，性好山水，在永嘉、臨川任職間，肆意遊覽，創作了不少優秀的山水詩。原有集，已佚，明人輯有《謝康樂集》。

其源出於陳思。雜有景陽之體❶，故尚巧似，而逸蕩❷過之。頗以繁蕪為累。嶸謂若人❸興多才高，寓目❹輒書，內無乏思，外無遺物，其繁富宜哉。然名章迥句❺，處處間起❻，麗典新聲❼，絡繹❽奔會❾。譬猶青松之拔❿灌木，白玉之映塵沙，未足貶其高潔也。初，錢塘⓫杜明師⓬夜夢東南有人來入其館，是夕，即靈運生於會稽⓭。旬日，而謝玄亡⓮。其家以子孫難得，送靈運於杜治⓯養之。十五方還都⓰，故名客兒ㄦˊ⓱。

【章 旨】本條評謝靈運詩，先指出其與曹植及張協的關係，繼而提出自己的看法，評價頗高。末引一段軼事，說明靈運身世與眾不同之處。

【注 釋】❶雜有景陽之體 間有張協的詩風，即下文所謂「尚巧似」。《詩品》上品評張協「又巧構形似之言」。❷逸蕩 飄逸放縱。❸若人 此人。❹寓目 眼中所見。❺迥句 秀句；佳句。❻間起 時而出現，點綴其間。❼麗典新聲 華美的典故，新麗的聲調。❽絡繹 前後相連，連續不斷。❾奔會 會合；湊集。❿拔 挺拔；超群。梁簡文帝〈與湘東王書〉：「謝客吐言天拔，出於自然。」⓫錢塘 地名，今浙江杭州。⓬杜明師 錢塘人，名昺，字叔恭，道教法師，當時許多世家大族子弟奉之為師。《異苑》卷七記杜明師此夢，當為《詩品》所本。⓭會稽 地名，今浙江紹興。⓮旬日二句 謝玄是謝靈運的祖父，字幼度，東晉名將，在淝水之戰中率軍擊敗前秦苻堅的軍隊，使東晉政權得以保全。沈約《宋書・謝靈運傳》：「謝靈運祖玄，晉車騎將軍。父瑍，生而不慧，為祕書郎，蚤亡。靈運幼便穎悟，玄甚異之，謂親知曰：『我乃生瑍！瑍那得生靈運？』」按：謝靈運生於晉太元十年（西元三八五年），謝玄卒於太元十三年（西元三八八年），時靈運已四歲，不得謂「旬日」。故今人多疑此處「謝玄」當作「謝瑍」（一說當作「謝安」，謝玄之叔父，卒於太元十年，謝靈運於是年生），瑍既卒，謝玄無後，故下文有「子孫難得」之語。鍾嶸或沿《異苑》之說而誤。⓯杜治 杜明師的靖室。此處有原注：「治音稚，奉道之家靖室也。」六朝人稱道家修行之處為治。⓰都 指東晉首都建康（今江蘇南京）。⓱客兒 謝靈運從小寄養在杜明師處，如作客於外，故稱客兒。後人因稱之為謝客。

【語 譯】謝靈運的詩源出於曹植。雜有張協的詩風，所以也重視巧妙描繪景物，但飄逸橫放超過張協，詞采頗為繁富深蕪，是他詩作的弊病。我認為這個人情感豐富，詩才高妙，所見之物都能寫成詩，內心不缺少情思，詩筆不遺落什麼景物，他這樣繁縟富麗，也是很相宜的。然而他詩中的名篇佳句，隨處可見，華美的典故、新麗的聲調，撲面而來，絡繹不絕。猶如青松挺拔於灌木叢中，白玉掩映於沙粒塵土裏，不足以損害他的高潔。當年，錢塘杜明師在夜裏夢見東南方有人來到他家，這夜，謝靈運正誕生在會稽。十天後，他的祖父謝玄去世了。謝家人由於好不容易才有這麼一個子孫，就送他到杜明師的靖室去撫養，十五歲時才回到都城，所以小名叫做客兒。

【附錄】

登池上樓

潛虯媚幽姿，飛鴻響遠音。薄霄愧雲浮，棲川怍淵沉。進德智所拙，退耕力不任。狗祿反窮海，臥痾對空林。衾枕昧節候，褰開暫窺臨。傾耳聆波瀾，舉目眺嶇嶔。初景革緒風，新陽改故陰。池塘生春草，園柳變鳴禽。祁祁傷豳歌，萋萋感楚吟。索居易永久，離群難處心。持操豈獨古，無悶徵在今。

石壁精舍還湖中作

昏旦變氣候，山水含清暉。清暉能娛人，遊子憺忘歸。出谷日尚早，入舟陽已微。林壑斂暝色，雲霞收夕霏。芰荷迭映蔚，蒲稗相因依。披拂趨南徑，愉悅偃東扉。慮澹物自輕，意愜理無違。寄言攝生客，試用此道推。

齋中讀書

昔余遊京華，未嘗廢丘壑。矧乃歸山川，心跡雙寂寞。虛館絕諍訟，空庭來鳥雀。臥疾豐暇豫，翰墨時間作。懷抱觀古今，寢食展戲謔。既笑沮溺苦，又哂子雲閣。執戟亦以疲，耕稼豈云樂。萬事難並歡，達生幸可託。

卷中

漢上計秦嘉　嘉妻徐淑

【題解】秦嘉（生卒年不詳），字士會，隴西（今屬甘肅省東南）人，東漢詩人。桓帝時為郡上計，後赴洛陽任黃門郎，病逝於津鄉亭。其文今存〈與妻徐淑書〉、〈重報妻書〉，詩有〈贈婦詩〉五言三首、四言一首，〈述昏詩〉四言一首。其妻徐淑（生卒年不詳），亦能詩。因病居母家，不能隨其夫赴任，夫婦相互贈答，寄託懷念之情，所作今存〈答秦嘉詩〉一首及答書二篇。

夫妻事❶既可傷，文亦悽怨。為五言者，不過數家，而婦人居二❷。

徐淑敘別之作❸，亞於〈團扇〉❹矣。

【章旨】此條評秦、徐夫婦之詩，並特別肯定徐淑的詩才和詩作。

【注釋】❶夫妻事　徐陵《玉臺新詠》卷一錄秦嘉〈贈婦詩〉三首，其序曰：「(嘉)為郡上計，其妻徐淑寢疾還家，不獲面別，贈詩云爾。」即此「夫妻事」所指。❷婦人居二　指班婕妤和徐淑。班婕妤已見《詩品》上品。❸徐淑敘別之作　可能即指《玉臺新詠》卷一所收徐淑〈答秦嘉詩〉，但因為此詩每一句中都雜有「兮」字(見本條附錄)，不是純粹的五言，所以，有人認為別有所指，只是今天已經亡佚。❹亞於團扇　遜色於〈團扇〉。亞，次；差。〈團扇〉，即班婕妤的〈團扇詩〉。

【語　譯】秦嘉、徐淑夫婦的離別遭遇既令人傷心，他們的作品也悽婉哀怨。漢代寫五言詩的，不過幾家，而女作者就佔了兩位。徐淑的抒寫離別的詩作，比起班婕妤的〈團扇詩〉略為遜色了。

【附　錄】

秦嘉　贈婦詩三首

人生譬朝露，居世多屯蹇。憂艱常早至，歡會常苦晚。念當奉時役，去爾日遙遠。遣車迎子還，空往復空返。省書情悽愴，臨食不能飯。獨坐空房中，誰與相勸勉。長夜不能眠，伏枕獨展轉。憂來如循環，匪席不可卷。

皇靈無私親，為善荷天祿。傷我與爾身，少小罹煢獨。既得結大義，歡樂苦不足。念當遠離別，思念敘款曲。河廣無舟梁，道近隔邱陸。臨路懷惆悵，中駕正躑躅。浮雲起高山，悲風激深谷。良馬不迴鞍，輕車不轉轂。針藥可屢進，愁思難為數。貞士篤終始，恩義不可促。

肅肅僕夫征，鏘鏘揚和鈴。清晨當引邁，束帶待雞鳴。顧看空室中，髣髴想姿形。一別懷萬恨，起坐為不寧。何用敘我心，遺思致款誠。寶釵好耀首，明鏡可鑑形。芳香去垢穢，素琴有清聲。詩人感木瓜，乃欲答瑤瓊。愧彼贈我厚，慚此往物輕。雖知未足報，貴用敘我情。

徐淑　答秦嘉詩

妾身兮不令，嬰疾兮來歸。沉滯兮家門，歷時兮不差。曠廢兮侍覲，情敬兮有違。君今兮奉命，遠適兮京師。悠悠兮離別，無因兮敘懷。瞻望兮踴躍，佇立兮徘徊。思君兮感結，夢想兮容輝。君發兮引邁，去我兮日乖。恨無兮羽翼，高飛兮相追。長吟兮永嘆，淚下兮沾衣。

魏文帝

【題解】魏文帝曹丕（西元一八七～二二六年），字子桓，沛國譙（今安徽亳縣）人，曹操的次子，建安十六年（西元二一一年）為五官中郎將，二十二年（西元二一七年）立為太子，二十五年（西元二二〇年），代漢稱帝，國號魏。喜好文學，著有《典論》及詩賦百餘篇，原有集，已佚，明人輯有《魏文帝集》。

其源出於李陵❶，頗有仲宣之體則❷。所計❸百許篇，率❹皆鄙質❺如偶語❻。惟「西北有浮雲」十餘首❼，殊美贍❽可玩❾，始見其工矣。不然，何以銓衡群彥❿，對揚⓫厥弟⓬者耶？

【章旨】本條評魏文帝曹丕詩，雖有鄙直之病，但仍有十餘篇佳製，足以顯示其工力。

【注釋】❶其源出於李陵　吳淇《六朝選詩定論》卷五：「文帝詩源於李陵，終身無改。」❷頗有仲宣之體則　許學夷《詩源辨體》卷四：「子桓五言，在公幹、仲宣之亞。鍾嶸《詩品》以公幹、仲宣處上品，子桓居中品，得之。」仲宣，王粲，見《詩品》上品。體則，風格體式。❸所計　此二字《津逮祕書》本作「新奇」。❹率　大都。❺鄙質　粗野樸質。❻偶語　相對談話。❼西北有浮雲十餘首　指以〈雜詩二首〉為代表的十餘篇佳作。「西北有浮雲」是曹丕〈雜詩二首〉中的詩句。胡應麟《詩藪》曰：「子桓樂府十餘篇佳，餘皆非陳思比。」❽美贍　華麗富豔。❾玩　玩味。❿銓衡群彥　此指曹丕在〈典論論文〉、〈與吳質書〉等處對當時諸文人的評論。銓衡，權衡評論。群彥指當時以「建安七子」為首的圍繞在曹氏左右的文人。彥，有才學的人。⓫對揚　對稱；並稱。⓬厥弟　他的弟弟。指曹植。

【語　譯】魏文帝曹丕的詩源出於李陵，又很有王粲詩的風格體式。他所作的百來篇詩，大都是文詞粗率樸質，像平常說話一樣。只有〈雜詩〉「西北有浮雲」等十多首，特別華美富麗，值得玩味，才表現出他詩歌的精緻。否則，如何能評論周圍的一群才士，並與他的弟弟並稱呢？

【附　錄】

雜詩二首

漫漫秋夜長，烈烈北風涼。展轉不能寐，披衣起彷徨。彷徨忽已久，白露沾我裳。俯視清水波，仰看明月光。天漢回西流，三五正縱橫。草蟲鳴何悲，孤雁獨南翔。鬱鬱多悲思，綿綿思故鄉。願飛安得翼，欲濟河無梁。向風長嘆息，斷絕我中腸。

西北有浮雲，亭亭如車蓋。惜哉時不遇，適與飄風會。吹我東南行，南行至吳會。吳會非我鄉，安能久留滯。棄置勿復陳，客子常畏人。

晉中散嵇康

【題　解】嵇康（西元二二四～二六三年），字叔夜，譙國銍（今安徽宿縣）人。博學多才，尤好老莊。拜中散大夫，故世稱嵇中散。當魏晉易代之際，他不滿司馬氏圖謀篡魏，堅決不與之合作，後被鍾會構陷，為司馬昭所殺。原有集十五卷，今人魯迅輯校有《嵇康集》，戴明揚亦有《嵇康集校注》。

頗似魏文。過為峻切❶，訐直❷露才，傷淵雅❸之致。然託諭❹清遠，良有鑑裁，亦未失高流矣。

【章　旨】本條評嵇康詩，指出才情直露是其瑕疵，而託諭清遠則是其長處。

【注　釋】❶過為峻切　過於嚴厲激烈。《文心雕龍・明詩》：「嵇志清峻。」劉熙載《藝概・詩概》云：「叔夜之詩峻烈。」❷訐直　批評人事直言不諱，毫不留情。嵇康個性鯁直，不與司馬氏合作，曾拒鍾會，並與山濤絕交，皆其訐直之例。❸淵雅　深沉典雅。❹託諭　寄託意旨。

【語　譯】嵇康的詩歌很像魏文帝曹丕。但過於嚴厲激烈，批評人事直言不諱，顯露才情，損害了深厚典雅的風致。但其寄託之意清高深遠，很有鑑別判斷的能力，也不失為傑出的詩人。

【附錄】

贈秀才入軍十九首（選一首）

雙鸞匿景曜，戢翼太山崖。抗首漱朝露，晞陽振羽儀。長鳴戲雲中，時下息蘭池。自謂絕塵埃，終始永不虧。何意世多艱，虞人來我疑。雲網塞四區，高羅正參差。奮迅勢不便，六翮無所施。隱姿就長纓，卒為時所羈。單雄翻孤逝，哀吟傷生離。徘徊戀儔侶，慷慨高山陂。鳥盡良弓藏，謀極身必危。吉凶雖在己，世路多險巇。安得反初服，抱玉寶六奇。逍遙遊太清，攜手長相隨。

酒會詩

樂哉苑中遊，周覽無窮已。百卉吐芳華，崇基邈高跱。林木紛交錯，玄池戲魴鯉。輕丸斃翔禽，纖綸出鱣鮪。坐中發美讚，異氣同音軌。臨川獻清酤，微歌發皓齒。素琴揮雅操，清聲隨風起。斯會豈不樂？恨無東野子。酒中念幽人，守故彌終始。但當體七弦，寄心在知己。

晉司空張華

【題　解】張華（西元二三二～三〇〇年），字茂先，范陽方城（今河北固安南）人。初仕魏，官至長史，兼中書郎。晉武帝時官中書令，加散騎常侍，封廣武縣侯。晉惠帝時，官至司空，進封壯武郡公。趙王倫廢賈后，華不從，被殺。華少孤貧，而好學不倦，博學多聞，及貴顯，好提攜後進之士。著有《博物志》，明人輯有《張茂先集》。

其源出於王粲。其體華豔，興託❶不奇。巧用文字，務為妍冶❷。雖名高曩代❸，而疏亮❹之士，猶恨❺其兒女情多❻，風雲氣少❼。謝康樂云❽：「張公雖復千篇，猶一體耳。」今置之中品，疑弱；處之下科，恨少，在季、孟之間❾矣。

【章　旨】本條評張華詩，以「兒女情多，風雲氣少」八字概括，在後代影響極大；而指出張華詩品介於中下之間，不易論定，反映了作者評詩的審慎態度。

【注　釋】❶興託　比興寄託。❷務為妍冶　極力追求妍麗妖冶。許學夷《詩源辨體》卷五：「茂先情麗。」

❸曩代　上代；前代。❹疏亮　通脫曠達。❺恨　遺憾。❻兒女情多　張華的詩多寫兒女閨情，如〈情詩〉等。何焯《義門讀書記》卷四六曰：「張公詩惟此（指〈勵志詩〉）一篇，餘皆女郎詩也。」❼風雲氣少　缺少風起雲湧的慷慨氣勢。沈德潛《古詩源》卷七：「茂先詩，《詩品》謂其『兒女情多，風雲氣少』，此亦不盡然。總之，筆力不高，少凌空矯捷之致。」❽謝康樂云　此引謝靈運語，出自何處，今已不可考。《詩源辨體》卷五謂謝氏此評「語雖或過，亦自有見。」❾季孟之間　兩者之間。《論語・微子》：「齊景公待孔子，曰：『若季氏，則吾不能；以季孟之間待之。』」孔安國注：「魯三卿，季氏為上卿，最貴，孟氏為下卿，不用事。言待之以兩者之間。」後人遂以季孟之間比喻兩者之間。

【語　譯】張華的詩源出於王粲。他的詩風華美豔麗，比興寄託平平無奇。但能巧妙運用文字，極力追求豔麗妖冶的風格。他在前代雖然有崇高的聲譽，但通達灑脫的人士，還是為他詩中寫兒女柔情太多、慷慨的氣勢不足而感到遺憾。謝靈運說：「張公的詩即使有千首之多，還是一個樣子。」如今將其放在中品，恐怕他還差一些；排在下品，又有貶低了他的遺憾，就放在兩者之間吧。

【附　錄】

情詩五首（選二首）

清風動帷簾，晨月照幽房。佳人處遐遠，蘭室無容光。襟懷擁靈景，輕衾覆空床。居歡惜夜促，在戚怨宵長。拊枕獨嘯嘆，感慨心內傷。

遊目四野外，逍遙獨延佇。蘭蕙緣清渠，繁華蔭綠渚。佳人不在茲，取此欲誰與。巢居知風寒，穴處識陰雨。不曾遠別離，安知慕儔侶。

雜詩三首（選一首）

晷度隨天運，四時互相承。東壁正昏中，涸陰寒節升。繁霜降當夕，悲風中夜興。朱火青無光，蘭膏坐自凝。重衾無暖氣，挾纊如懷冰。伏枕終遙昔，寤言莫予應。永思慮崇替，慨然獨撫膺。

魏尚書何晏　晉馮翊守孫楚　晉著作王讚
晉司徒掾張翰　晉中書令潘尼

【題解】何晏（西元?～二四九年），字平叔，南陽宛（今河南南陽）人，三國魏時著名玄學家。因附曹爽，為司馬懿所殺。晏好老莊言，倡導玄學，競事清淡。著有《老子道德論》、《論語集解》等。亦能詩善賦。《文選》錄其〈景福殿賦〉。原有集，已佚。今存五言詩二首。

孫楚（約西元二一八～二九三年），字子荊，太原中都（今山西平遙西北）人。晉惠帝初，為馮翊太守。能詩賦，原有集，已佚，明人輯有《孫子荊集》。

王讚（生卒年不詳），字正長，義陽（今河南桐柏東）人。始為司空掾，後歷任著作郎、散騎侍郎等職。原有集五卷，今佚。讚有詩才，今存詩僅四首。

張翰（生卒年不詳），字季鷹，吳郡（今江蘇吳縣）人。齊王司馬冏執政，任大司馬東曹掾，睹天下之亂，知冏將敗，又因思念家鄉蓴菜、鱸魚膾等佳肴，遂辭職歸吳。翰有清才，善為文，原有集，已佚。今存詩六首。

潘尼（約西元二五〇～三一一年），字正叔，滎陽中年（今屬河南省）人。官至太常卿。少有清才，勤學著述。與叔父潘岳以文學齊名，世稱「兩潘」。原有集十卷，已佚，明人輯有《潘太常集》。

平叔鴻鵠之篇❶，風規❷見矣。子荊零雨❸之外，正長朔風❹之後，雖有累札❺，良亦無聞。季鷹黃華之唱❻，正叔綠蘩之章❼，雖不具美，而文采高麗，並得虬龍片甲❽，鳳凰一毛❾。事同駁聖❿，宜居中品。

【章　旨】本條評魏晉之際的五個詩人，何晏、孫楚、王讚、張翰、潘尼，重點標舉出各人的代表詩作。

【注　釋】❶平叔鴻鵠之篇　何晏，字平叔，所作〈擬古詩〉中有「鴻鵠比翼遊」一句。❷風規　諷時規諫。風，同「諷」。❸子荊零雨　孫楚，字子荊，所作〈征西官屬送於陟陽候作詩〉中有「晨風飄歧路，零雨被秋草」之句。❹正長朔風　王讚，字正長，所作〈雜詩〉中有「朔風動秋草，邊馬有歸心」之句。沈約《宋書・謝靈運傳論》亦拈出「子荊零雨之章，正長朔風之句」，稱為「直舉胸情，非傍詩史」的佳作。此二詩並載《文選》。❺累札　詩作累累。札，指詩札、詩章。❻季鷹黃華之唱　張翰，字季鷹，所作〈雜詩〉中有「黃華如散金」之句。李白〈金陵送張十一再遊東吳〉：「張翰黃花句，風流五百年。」❼正叔綠蘩之章　潘尼，字正叔，所作〈迎大駕詩〉中有「綠蘩被廣隰」之句。❽虬龍片甲　虬龍的一片鱗甲。虬，一種長角的龍。❾鳳凰一毛　鳳凰的一根羽毛。虬龍的鱗甲，鳳凰的羽毛，都是稀有而寶貴之物。❿駁聖　不純的聖人。駁，馬毛色不純。比喻五人的詩作蕪雜不純。

【語　譯】何晏「鴻鵠比翼遊」那首詩，體現了他對時局的諷諫告誡。孫楚在「零雨被秋草」那首詩以外，王讚在「朔風動秋草」那首詩之後，雖然還有其他許多詩作，但實在不為人所知。張翰

「黃華如散金」那一首，潘尼「綠蘩被廣隰」那一篇，雖然整體上並不都好，但文采高雅華麗，都好比有了虯龍的一片鱗甲，鳳凰的一根羽毛。這就像駁雜不純的聖人，應當歸入中品。

【附錄】

何晏　擬古詩（一作言志詩）

鴻鵠比翼遊，群飛戲太清。常恐失網羅，憂禍一旦並。豈若集五湖，順流唼浮萍。逍遙放志意，何為怵惕驚。

孫楚　征西官屬送於陟陽候作詩

晨風飄歧路，零雨被秋草。傾城遠追送，餞我千里道。三命皆有極，咄嗟安可保。莫大於殤子，彭聃猶為夭。吉凶如糾纏，憂喜相紛繞。天地為我爐，萬物一何小。達人垂大觀，誡此苦不早。乖離即長衢，惆悵盈懷抱。孰能察其心，鑑之以蒼昊。齊契在今朝，守之與偕老。

王讚　雜詩

朔風動秋草，邊馬有歸心。胡寧久分析，靡靡忽至今。王事離我志，殊隔過商參。昔往鶬鶊鳴，今來蟋蟀吟。人情懷舊鄉，客鳥思故林。師涓久不奏，誰能宣我心。

張翰　雜詩（選一首）

暮春和氣應，白日照園林。青條若總翠，黃華如散金。嘉卉亮有觀，顧此難久耽。延頸無良塗，頓足託幽深。榮與壯俱去，賤與老相尋。歡樂不照顏，慘愴發謳吟。謳吟何嗟及，古人可慰心。

潘尼　迎大駕詩

南山鬱岑崟，洛川迅且急。青松蔭修嶺，綠蘩被廣隰。朝日順長塗，夕暮無所集。歸雲乘幰浮，淒風尋帷入。道逢深識士，舉手對吾揖。世故尚未夷，崤函方嶮澀。狐狸夾兩轅，豺狼當路立。翔鳳嬰籠檻，騏驥見維縶。俎豆昔嘗聞，軍旅素未習。且少停君駕，徐待干戈戢。

魏侍中應璩

【題　解】應璩（西元一九〇～二五二年），字休璉，汝南南頓（今河南項城西南）人，與兄應瑒（字德璉）並有文名。魏齊王芳時，官侍中，典著作，卒贈衛尉。曾作五言詩百數十篇，《文心雕龍・明詩》評其〈百一詩〉「獨立不懼，辭譎義貞，亦魏之遺直也」。原有集，已佚，明人輯有《應德璉休璉集》。根據《詩品》一品之中略以世代為先後、不以優劣為詮次的體例，有此學者認為此條應移置「魏文帝」條之後、「嵇康」條之前（張錫瑜《鍾記室詩評》）。

祖襲❶魏文。善為古語，指事殷勤❷，雅意深篤，得詩人激刺之旨❸。至於「濟濟今日所❹」，華靡可諷味❺焉。

【章　旨】本條評應璩詩，肯定他的古雅之體和激刺之旨。

【注　釋】❶祖襲　效仿因襲。❷指事殷勤　指斥時事懇切周到。《文選》卷二一〈百一詩〉李善《注》引《楚國先賢傳》云：「汝南應璩作百一篇詩，譏切時事。」此謂〈百一詩〉共百有一篇，故名；一說取百慮有一失之意；又說因其以百言為一篇而得名。❸得詩人激刺之旨　〈毛詩序〉：「上以風化下，下以風刺上。」李充《翰林論》亦稱應璩詩「以風規治道，蓋有詩人之旨焉。」激刺之旨，激切諷刺之義。❹濟濟今日所　應璩詩中句，其詩已佚。❺諷味　誦讀玩味。

【語　譯】應璩的詩效仿因襲魏文帝曹丕。善於寫作古樸的詞句，指斥時事懇切周到，用意雅正深厚，體現了詩人激切諷諭的宗旨。至於「濟濟今日所」這樣的句子，華麗綺靡，值得誦讀欣賞。

【附　錄】

百一詩（選一首）

下流不可處，君子慎厥初。名高不宿著，易用受侵誣。前者隳官去，有人適我閭。田家無所有，酌醴焚枯魚。問我何功德，三入承明廬。所佔於此土，是謂仁智居。文章不經國，筐篋無尺書。用等稱才學，往往見嘆譽。避席跪自陳，賤子實空虛。宋人遇周客，慚愧靡所如。

晉清河太守陸雲　晉侍中石崇　晉襄城太守曹攄　晉朗陵公何劭

【題解】陸雲（西元二六二～三〇三年），字士龍，吳郡吳縣華亭（今上海市松江區）人，曾任清河內史。與兄陸機以文才並稱「二陸」。機為成都王司馬穎所殺，雲同時遇害。原有集，已佚，明人輯有《陸士龍集》。

石崇（西元二四九～三〇〇年），字季倫，渤海南皮（今河北南皮東北）人。初為修武令，累遷至侍中，後出為荊州刺史。家產無數，曾與王愷鬥富。八王之亂中，被趙王倫所殺。現存五言詩三首，殘篇二。

曹攄（西元？～三〇八年），字顏遠，譙國譙（今安徽亳縣）人。惠帝末，為襄城太守，永嘉二年（西元三〇八年），為高密王征南司馬，討流人王逌，兵敗而死。原有集，已佚。現存五言詩三首，殘篇一。

何劭（西元二三六～三〇一年），字敬祖，陳國陽夏（今河南太康）人，何曾之子，襲封朗陵郡公。初為相國掾，累遷尚書左僕射，官至司徒。趙王倫篡位，劭任太宰。博學善詩文，原有集，已佚。現存五言詩三首，殘篇一。

清河之方平原❶，殆如陳思之匹白馬❷。於其哲昆❸，故稱「二陸」。季倫❹、顏遠❺，並有英篇。篤而論之，朗陵為最❻。

【章旨】此條評西晉四位詩人：陸雲、石崇、曹攄、何劭，並指出其中以何劭為最佳。

【注釋】❶清河之方平原　陸雲與陸機相比。清河，陸雲曾任清河內史。方，相比。平原，陸機曾官平原內史。❷陳思之匹白馬　陳思王曹植與其弟白馬王曹彪相比。❸哲昆　賢兄。哲，賢哲。昆，兄。❹季倫　石崇，字季倫。何焯《義門讀書記》卷四七：「石季倫〈王明君辭〉，逼似陳王，此詩可以諷失節之士。」❺顏遠　曹攄，字顏遠。《文心雕龍・才略》：「曹攄清靡於長篇。」何焯《義門讀書記》卷四七：「曹顏遠〈感舊詩〉，淺薄無餘味。殷領軍誦之而泣下，蓋各有所感耳。」❻朗陵為最　許文雨《鍾嶸詩品講疏》：「按本書所評止於五言，清河長於四言，蓋非其選。又仲偉不貴用事，以警策為高，則季倫、顏遠，似均有不及朗陵之清雋歟！朗陵詩如〈贈張華〉云：『暮春忽復來，和風與節俱。俯臨清泉湧，仰觀嘉木敷。』讀之狀溢目前，此仲偉所以深許之也。」朗陵，何劭襲封朗陵郡公。

【語譯】陸雲和陸機相比，就如同曹植同曹彪相比。陸雲與他的賢兄一起，所以並稱為「二陸」。石崇、曹攄，都有佳作。公正地評論起來，何劭的詩作最為突出。

【附錄】

陸雲　為顧彥先贈婦往返詩四首（選一首）

悠悠君行邁，煢煢妾獨止。山河安可踰，永路隔萬里。京室多妖冶，粲粲都人子。雅步擢纖腰，巧笑發皓齒。佳麗良可美，衰賤焉足紀。遠蒙眷顧言，銜恩非望始。

石崇　王明君辭並序

王明君者，本是王昭君，以觸文帝諱，改之。匈奴盛，請婚於漢，元帝以後宮良家子昭君配焉。昔公主嫁烏孫，令琵琶馬上作樂，以慰其道路之思。其送明君亦必爾也。其造新之曲，多哀怨之聲。故敘之於紙云爾。

我本漢家子，將適單于庭。辭訣未及終，前驅已抗旌。僕御涕流離，轅馬悲且鳴。哀鬱傷五內，泣淚霑珠纓。行行日已遠，遂造匈奴城。延我於穹廬，加我閼氏名。殊類非所安，雖貴非所榮。父子見凌辱，對之慚且驚。殺身良不易，默默以苟生。苟生亦何聊，積思常憤盈。願假飛鴻翼，乘之以遐征。飛鴻不我顧，佇立以屏營。昔為匣中玉，今為糞上英。朝華不足歡，甘與秋草並。傳語後世人，遠嫁難為情。

曹攄　感舊詩

富貴他人合，貧賤親戚離。廉藺門易軌，田竇相奪移。晨風集茂林，棲鳥去枯枝。今我唯困蒙，郡士所背馳。鄉人敦懿義，濟濟蔭光儀。對賓頌有客，舉觴詠露斯。臨樂何所嘆，素絲與路歧。

何劭　遊仙詩

青青陵上松，亭亭高山柏。光色冬夏茂，根柢無凋落。吉士懷貞心，悟物思遠託。揚志玄雲際，流目矚巖石。羨昔王子喬，友道發伊洛。迢遞陵峻岳，連翩御飛鶴。抗跡遺萬里，豈戀生民樂。長懷慕仙類，眩然心綿邈。

何劭　贈張華

四時更代謝，懸象迭卷舒。暮春忽復來，和風與節俱。俯臨清泉湧，仰觀嘉木敷。周旋我陋圃，西瞻廣武廬。既貴不忘儉，處有能存無。鎮俗在簡約，樹塞焉足摹。在昔同班司，今者並園墟。私願偕黃髮，逍遙綜琴書。舉爵茂陰下，攜手共躊躕。奚用遺形骸，忘筌在得魚。

晉太尉劉琨　晉中郎盧諶

【題　解】劉琨（西元二七一～三一八年），字越石，中山魏昌（今河北無極）人。惠帝時封廣武侯。愍帝時任大將軍，都督并冀幽三州諸軍事，後進位司空。元帝時遷侍中太尉。琨與劉聰、石勒對抗，兵敗降段匹磾，終被段所殺。原有集，已佚。明人輯有《劉中山集》。

盧諶（西元二八四～三五〇年），字子諒，范陽涿（今屬河北省）人。為司空劉琨主簿，轉從事中郎。與劉琨屢有贈答。後事石季龍，石氏被誅，諶亦遇害。原有集，今已佚。現存詩八首。

其源出於王粲❶。善為悽戾❷之詞，自有清拔❸之氣。琨既體❹良才，又罹厄運❺，故善敘喪亂，多感恨之詞。中郎❻仰之，微不逮❼者矣。

【章　旨】本條評劉琨、盧諶二人詩。《文心雕龍・才略》：「劉琨雅壯而多風，盧諶情發而理昭，亦遇之於時勢也。」二人所處時代相同，又相互贈答，故相提並論。

【注　釋】❶其源出於王粲　劉熙載《藝概・詩概》曰：「鍾嶸謂越石詩出於王粲，以格言耳。」❷悽戾　悽涼悲愴。❸清拔　清勁挺拔。元好問《論詩絕句》：「曹劉坐嘯虎生風，萬古無人角兩雄。可惜并州劉越石，不教橫槊建安中。」亦是認為劉琨健拔之氣可與建安詩人相比。❹體　具有。❺罹厄運　遭受厄運。指劉琨歷經坎坷，終為段匹磾所害。其〈答盧諶詩〉亦有「厄運初遘」句。沈德潛《古詩源》：「越石英雄失路，萬緒悲涼，故其詩隨筆傾吐，哀音無次，讀者烏得於語間求之？」❻中郎　盧諶，曾任從事中郎。❼不逮　不及。《晉書・劉琨傳》：「（琨）自知必死，神色怡如也。為五言詩贈其別駕盧諶。琨詩託意非常，攄暢幽憤，遠想張、陳，感鴻門、白登之事，用以激諶。諶素無奇略，以常詞酬和，殊乖琨心。」此可證盧諶實不及劉琨。

【語譯】他們的詩源出於王粲，善於寫悽涼悲愴之詞，表現出清勁挺拔之氣。劉琨既具備很好的詩才，又遭遇艱厄的命運，所以善於敘寫喪亡離亂之事，詩中多有感憤怨恨之詞。盧諶景仰他，但稍有不及之處。

【附　錄】

劉琨　重贈盧諶

握中有懸璧，本自荊山璆。惟彼太公望，昔在渭濱叟。鄧公何感激，千里來相求。白登幸曲逆，鴻門賴留侯。重耳任五賢，小白相射鉤。苟能隆二伯，安問黨與讎？中夜撫枕嘆，想與數子遊。吾衰久矣夫，何其不夢周。誰云聖達節，知命故不憂？宣尼悲獲麟，西狩涕孔丘。功業未及建，夕陽忽西流。時哉不我與，去乎若雲浮。朱實隕勁風，繁英落素秋。狹路傾華蓋，駭駟摧雙輈。何意百煉鋼，化為繞指柔。

盧諶　覽古詩

趙氏有和璧，天下無不傳。秦人來求市，厥價徒空言。與之將見賣，不與恐致患。簡才備行李，圖令國命全。藺生在下位，繆子稱其賢。奉辭馳出境，伏軾徑入關。秦王御殿坐，趙使擁節前。揮袂睨金柱，身玉要俱捐。連城既偽往，荊玉亦真還。爰在澠池會，二主尅交歡。昭襄欲負力，相如折其端。眥血下霑襟，怒髮上衝冠。西缶終雙擊，東瑟不隻彈。捨生豈不易，處死誠獨難。稜威章臺顛，強禦亦不干。屈節邯鄲中，俛首忍回軒。廉公何為者，負荊謝厥愆。智勇蓋當世，弛張使我嘆。

晉弘農太守郭璞

【題　解】郭璞（西元二七六～三二四年），字景純，河東聞喜（今屬山西省）人。好經術，善詩賦，通奇文古字。東晉初為著作佐郎，後為王敦記室參軍，因勸阻王敦謀反被殺。追贈弘農太守。原有集，已佚。明人輯有《郭弘農集》。《文心雕龍・明詩》：「江左篇製，溺乎玄風，嗤笑徇務之志，崇盛忘機之談，袁孫以下，雖各有雕采，而辭趣一揆，莫與爭雄，所以景純仙篇，挺拔而為俊矣。」又《才略》：「景純豔逸，足冠中興，〈郊賦〉既穆穆以大觀，〈仙詩〉亦飄飄而凌雲矣。」對郭璞評價亦甚高。

憲章❶潘岳，文體相輝❷，彪炳❸可玩。始變永嘉平淡之體，故稱中興❹第一。《翰林》❺以為詩首。但〈遊仙〉之作，詞多慷慨，乖遠❻玄宗❼。其云：「奈何虎豹姿❽。」又云：「戢翼棲榛梗。」乃是坎壈❾詠懷，非列仙之趣也。

【章　旨】此條評郭璞詩為東晉中興第一，指出其〈遊仙詩〉實為詠懷之作，並開始改變了永嘉詩壇盛行的平淡的玄風。

【注　釋】❶憲章　效仿；摹似。❷相輝　相互輝映。❸彪炳　文采煥發的樣子。❹中興　東晉王室南遷，史稱中興。❺翰林　李充的《翰林論》。❻乖遠　背離；遠離。❼玄宗　玄學之理。❽奈何虎豹姿　與下文「戢翼棲榛梗」句，同為郭璞〈遊仙詩〉的佚句。❾坎壈　坎坷不遇。

【語　譯】郭璞的詩效法潘岳，相互輝映；文采煥發，值得玩味。他開始改變永嘉以來平淡的詩風，所以稱為東晉詩壇第一人。李充《翰林論》認為他是當代詩人的最高代表。但是他作的〈遊仙詩〉，語言中充滿慷慨之氣，遠離玄學的義理。詩寫道：「奈何虎豹姿」，又寫道：「戢翼棲榛梗」，這是感嘆坎坷不遇的人生的詠懷之作，不是寫神仙遨遊的樂趣。

【附　錄】

遊仙詩十九首（選三首）

京華遊俠窟，山林隱遯棲。朱門何足榮，未若託蓬萊。臨源挹清波，陵岡掇丹荑。靈谿可潛盤，安事登雲梯。漆園有傲吏，萊氏有逸妻。進則保龍見，退為觸藩羝。高蹈風塵外，長揖謝夷齊。

翡翠戲蘭苕，容色更相鮮。綠蘿結高林，蒙籠蓋一山。中有冥寂士，靜嘯撫清弦。放情凌霄外，嚼蘂挹飛泉。赤松臨上游，駕鴻乘紫煙。左挹浮丘袖，右拍洪崖肩。借問蜉蝣輩，寧知龜鶴年。

逸翮思拂霄，迅足羨遠遊。清源無增瀾，安得運吞舟。珪璋雖特達，明月難暗投。潛穎怨清陽，陵苕哀素秋。悲來惻丹心，零淚緣纓流。

晉吏部郎袁宏

【題解】袁宏（西元三三〇～三七八年），字彥伯，小字虎，陳郡（今河南淮陽）人。少有逸才，文章絕美。其〈詠史詩〉為謝尚讚美，名聲大著。始為安西將軍謝尚參軍，累遷大司馬桓溫記室，後出為東陽太守。著有《後漢紀》、《名士傳》等。原有集，已佚。今存詩三首。

彥伯〈詠史〉，雖文體未遒❶，而鮮明緊健❷，去凡俗遠矣。

【章旨】此條評袁宏〈詠史詩〉。劉勰《文心雕龍・才略》：「袁宏發軫以高驤，故卓出而多偏。」可以參考。

【注釋】❶遒　剛勁有力。❷緊健　緊湊穩健。

【語譯】袁宏的〈詠史詩〉，雖然文風還不夠剛勁有力，但清新明快，緊湊穩健，遠遠超出流俗的詩作。

【附錄】

詠史詩

89 晉吏部郎袁宏

周昌梗概臣，辭達不為訥。汲黯社稷器，棟梁天表骨。陸賈厭解紛，時與酒檮杌。婉轉將相門，一言和平勃。趨舍各有之，俱令道不沒。

無名困螻蟻，有名世所疑。中庸難為體，狂狷不及時。楊惲非忌貴，知及有餘辭。躬耕南山下，蕪穢不遑治。趙瑟奏哀音，秦聲歌新詩。吐音非凡唱，負此欲何之。

晉處士郭泰機　晉常侍顧愷之　宋謝世基
宋參軍顧邁　宋參軍戴凱

【題　解】郭泰機（生卒年不詳），河南（今河南洛陽東北）人，寒素後門之士，未仕，故稱處士。有〈贈傅咸詩〉一首。

顧愷之（約西元三四五～四〇六年），字長康，小字虎頭。晉陵無錫（今江蘇無錫）人。曾為桓溫參軍。義熙初年，任通直散騎常侍。工詩賦、書法，尤精繪畫，有「才絕、畫絕、癡絕」之稱。原有集，已佚。現存〈神情詩〉一首，斷句三。

謝世基（西元？～四二六年），陳郡陽夏（今河南太康）人，謝晦侄。謝晦舉兵叛宋，兵敗，世基遭擒被殺。今存其臨刑前所作連句詩四句。

顧邁（西元？～四五三年？），吳郡吳（今江蘇蘇州）人，元嘉中，為始興王揚州刺史劉浚主簿，浚為征北將軍，又任為征北行參軍，可能死於元嘉末蕭簡廣州之反。《隋書・經籍志》著錄梁有征北行參軍《顧邁集》二十卷，已亡佚。詩亦不存。參看王發國〈「詩品」人物事迹考略〉，載《文學遺產》一九九二年五期。

戴凱（西元？～四六六年？），亦作戴凱之，字慶豫，武昌（今湖北鄂城）人。曾任晉安王劉子勳參軍，參與劉子勳叛亂，被署為南康相，亂平，伏誅。《隋書・經籍志》著錄梁有《戴凱之集》

六卷，已亡佚。所撰《竹譜》，今存。參看王發國〈「詩品」人物事迹考略〉。

泰機「寒女」之製❶，孤怨宜恨。長康能以二韻❷答四首之美。世基「橫海」❸，顧邁「鴻飛」❹。戴凱人實貧羸❺，而才章富健。觀此五子，文雖不多，氣調警拔❻。吾許其進，則鮑照、江淹，未足逮止。越居中品，僉❼曰宜哉。

【章　旨】此條合評郭泰機、顧愷之、謝世基、顧邁、戴凱五人之詩，他們各有長處，共同點是作品不多，但「氣調警拔」。

【注　釋】❶泰機寒女之製　指郭泰機〈贈傅咸詩〉（詩題原作〈答傅咸詩〉，按詩意，應作〈贈傅咸詩〉）。詩首句為「皦皦白素絲，織為寒女衣。」❷二韻　押二韻，即四句詩。具體詩句未詳。此句所指之事亦未詳。❸世基橫海　指謝世基〈連句詩〉，詩之首二句為「偉哉橫海鯨，壯矣垂天翼。」❹顧邁鴻飛　顧邁的「鴻飛」詩篇。「鴻飛」當是詩中之文。❺羸　羸弱。❻警拔　出眾拔俗。❼僉　都；皆。

【語　譯】郭泰機的〈贈傅咸詩〉，以他的孤貧怨嘆，當然會有這種憤恨。顧愷之能夠用四句詩來酬答四首好詩。謝世基有「橫海」那首〈連句詩〉，顧邁有「鴻飛」那一詩篇。戴凱為人實在貧窮羸弱，但才藻富足、詩筆勁健。綜觀這五個詩人，作品雖不多，但風格氣調出類拔萃。我期許他們更進一步，那麼，鮑照、江淹也不見得能趕上。把他們提升於中品，大家都會覺得很合適吧。

【附　錄】

郭泰機　贈傅咸詩

皦皦白素絲，織為寒女衣。寒女雖妙巧，不得秉杼機。天寒知運速，況復雁南飛。衣工秉刀尺，棄我忽若遺。人不取諸身，世士焉所希？況復已朝餐，曷由知我飢。

顧愷之　神情詩（亦見《陶淵明集》）

春水滿四澤，夏雲多奇峰。秋月揚明輝，冬嶺秀寒松。

謝世基　連句詩

偉哉橫海鯨，壯矣垂天翼。一旦失風水，翻為螻蟻食。

宋徵士陶潛

【題　解】陶潛（西元三六五～四二七年），原名淵明，字元亮，潯陽柴桑（今江西九江）人。仕晉，初為江州祭酒，後曾任鎮軍參軍等職。一度出為彭澤令，在官八十餘日，棄官歸隱，以酒自娛，躬自耕作，至死不曾出仕，私謚靖節。歸隱後多為田園詩作，平淡自然，自成一格，被稱「田園詩人」、「古今隱逸詩人之宗」。傳世有《陶淵明集》。後人對陶詩評價極高，從而不滿《詩品》僅列陶潛於中品。有人引《太平御覽》卷五八六，說陶潛原列上品，其實《太平御覽》經過後人的竄改，許文雨《鍾嶸詩品講疏》、錢鍾書《談藝錄》等早已辨明。

其源出於應璩❶，又協左思風力❷。文體省淨，殆無長語❸。篤意真古❹，詞興婉愜❺。每觀其文，想其人德❻。世歎其質直。至如「歡言酌春酒❼」、「日暮天無雲❽」，風華清靡，豈直❾為田家語❿耶！古今隱逸詩人之宗也。

【章　旨】此條評陶潛詩，指出陶詩語言及風格與眾不同之處，特別推許他是「古今隱逸詩人之宗」。

【注　釋】❶其源出於應璩　此說後人多有爭議。贊成者謂應璩詩喜用《論語》語，陶詩與之相同，應詩質直古拙也為陶詩所繼承；異議者則稱應璩〈百一詩〉譏刺在位，與陶詩沖淡恬退迥不相同，從而認定鍾嶸證據不足。但應詩亡失已多，鍾嶸當日所見應詩較今日多得多，所論當有所據。❷又協左思風力　許文雨《鍾嶸詩品講疏》：「今人游國恩君舉左思〈雜詩〉、〈詠史〉與淵明〈擬古〉、〈詠荊軻〉相比，以為左之胸次高曠，筆力雄邁，與陶之音節蒼涼激越，辭句揮灑自如者，同其風力。此論甚是。」協，兼有；摻入。風力，風調筆力。❸長語　多餘的話。許學夷《詩源辨體》卷六：「靖節詩不為冗語，惟意盡便了，故集中長篇甚少。」❹真古　真率古樸。❺詞興婉愜　文詞意興，婉轉貼切。❻每觀其文二句　司馬遷《史記・孔子世家》：「太史公曰：『余讀孔氏書，想見其為人。』」蕭統〈陶淵明集序〉：「余愛嗜其文，不能釋手，尚想其德，恨不同時。」❼歡言酌春酒　陶淵明〈讀山海經〉詩中句。❽日暮天無雲　陶淵明〈擬古詩〉中句。❾直　只。❿田家語　農家的日常言語。

【語　譯】陶淵明的詩源出於應璩，兼有左思詩歌的風調和筆力。他的詩語言簡潔明淨，幾乎沒有多餘的字句。誠摯深切之意，真率古樸之心，都表達得十分婉轉貼切。每次讀他的詩文，都會想起他的為人品德。世人讚嘆他的詩風質樸直率。至於「歡言酌春酒」、「日暮天無雲」之類的詩句，清麗華美，哪裏只是農家的日常言語啊！他是古往今來隱逸詩人的宗師啊。

【附　錄】

讀山海經十三首（選一首）

孟夏草木長，繞屋樹扶疏。眾鳥欣有託，吾亦愛吾廬。既耕亦已種，且還讀我書。窮巷隔車轍，頗迴故人車。歡言酌春酒，摘我園中蔬。微雨從東來，好風與之俱。泛覽〈周王傳〉，流觀〈山海圖〉。俛仰終宇宙，不樂復何如？

擬古詩（選一首）

日暮天無雲，春風扇微和。佳人美清夜，達曙酣且歌。歌竟長嘆息，持此感人多。皎皎雲間月，灼灼葉中華。豈無一時好，不久當如何？

詠荊軻

燕丹善養士，志在報強嬴。招集百夫良，歲暮得荊卿。君子死知己，提劍出燕京。素驥鳴廣陌，慷慨送我行。雄髮指危冠，猛氣衝長纓。飲餞易水上，四座列群英。漸離擊悲筑，宋意唱高聲。蕭蕭哀風逝，淡淡寒波生。商音更流涕，羽奏壯士驚。心知去不歸，且有後世名。登車何時顧，飛蓋入秦庭。凌厲越萬里，逶迤過千城。圖窮事自至，豪主正怔營。惜哉劍術疎，奇功遂不成。其人雖已沒，千載有餘情。

飲酒詩二十首（選一首）

結廬在人境，而無車馬喧。問君何能爾，心遠地自偏。採菊東籬下，悠然見南山。山氣日夕佳，飛鳥相與還。此中有真意，欲辨已忘言。

挽歌詩（選一首）

荒草何茫茫，白楊亦蕭蕭。嚴霜九月中，送我出遠郊。四面無人居，高墳正嶕嶢。馬為仰天鳴，風為自蕭條。幽室一已閉，千年不復朝。千年不復朝，賢達無奈何。向來相送人，各已歸其家。親戚或餘悲，他人亦已歌。死去何所道，託體同山阿。

宋光祿大夫顏延之

【題　解】顏延之（西元三八四～四五六年），字延年，琅邪臨沂（今屬山東省）人。晉末為豫章公劉裕世子中軍行參軍，入宋後，為太子舍人，出為永嘉太守，官至金紫光祿大夫，卒諡憲子。善詩文，與謝靈運齊名，並稱「顏謝」。原有集三十卷，已佚。後人輯有《顏光祿集》。

其源出於陸機❶。尚巧似❷。體裁綺密❸，情喻淵深❹。動❺無虛散❻，一句一字，皆致意焉。又喜用古事❼，彌❽見拘束。雖乖❾秀逸，是經綸文雅才❿。雅才減若人⓫，則蹈於困躓⓬矣。湯惠休曰：「謝詩如芙蓉出水，顏如錯采鏤金⓭。」顏終身病之。

【章　旨】本條評顏延之之詩，指出其源出陸機，並對其風格特點作了準確的分析，所引湯惠休語使評論更為形象。

【注　釋】❶其源出於陸機　清何焯《義門讀書記》卷四六以為陸機〈答賈長淵〉：「鋪陳整贍，實開顏光祿之先。鍾嶸品第顏詩，以為其源出於陸機，是也。然士衡較為遒秀。」卷四七又說：「顏延年〈北使洛〉擬士衡〈赴洛詩〉，〈還至梁城作〉擬〈赴洛道中作〉。」❷巧似　巧妙生動地描繪事物。顏詩如「側聽風落木，遙睇月開雲」（〈夏夜〉），「庭昏見野陰，山明望松雪」（〈贈王太常〉），都是狀物巧似之例。❸綺密　綺麗繁密。❹情喻淵深　寄託的情志深遠。喻，託喻；寄託。❺動　動不動；常常。❻虛散　虛句散字。清劉熙載《藝概・詩概》曰：「顏延年詩體近萬幅，然不失為正軌，以其字稱量而出，無一苟下也。」❼古事　典故。張戒《歲寒堂詩話》卷上：「詩以用事為博，始於顏光祿。」其詩如「周御窮轍跡，夏載歷山川」（〈應詔觀北湖田收〉），「虞風載帝狩，夏諺頌王遊」（〈車駕幸京口三月三日侍遊曲阿後湖作〉），「周德恭明祀，漢道遵光靈」（〈拜陵廟作〉），都是用古事之例。❽彌　更加。❾乖　背離。❿經綸文雅才　經營詩文的高才。⓫若人　此人。⓬蹈於困躓　陷於困頓窘迫。⓭湯惠休曰三句　《南史・顏延之傳》曰：「延之嘗問鮑照己與靈運優劣，照曰：『謝五言如初發芙蓉，自然可愛。君詩若鋪錦列繡，亦雕繢滿眼。』延之每薄湯惠休詩，謂人曰：『惠休製作，委巷中歌謠耳，方當誤後生。』」鮑照語與湯惠休語意相近，「芙蓉出水」亦即「初發芙蓉，自然可愛」，指謝詩歸於自然之美；「錯采鏤金」與「鋪錦列繡，亦雕繢滿眼」，同樣都是形容顏詩雕飾工麗，而二書所記說者不同。有人認為惠休因受到顏延之鄙薄，乃造為此語。湯惠休，詳見《詩品》下品「宋惠休上人」條。

【語　譯】顏延之的詩源出於陸機。力求巧妙生動地描寫景物。詩體綺麗繁密，寄託的情志深遠。通常沒有虛句散字，每一個字、每一句詩，都含有深意。他還喜歡用典故，所以更顯得拘束不自然。他的風格雖非秀美清逸，但卻是善於經營文章的高才。如果文才不如他，就不免陷於窘迫的境地。湯惠休說：「謝靈運詩如同荷花出水，顏延之詩如同嵌彩雕金。」顏延之為此一輩子都感到恥辱。

【附　錄】

五君詠（選二首）

阮步兵

阮公雖淪跡，識密鑑亦洞。沉醉似埋照，寓詞類託諷。長嘯若懷人，越禮自驚眾。物故不可論，途窮能無慟。

嵇中散

中散不偶世，本自餐霞人。形解驗默仙，吐論知凝神。立俗迕流議，尋山洽隱淪。鸞翮有時鎩，龍性誰能馴。

北使洛

改服飭徒旅，首路跼險艱。振楫發吳洲，秣馬陵楚山。塗出梁宋郊，道由周鄭間。前登陽城路，日夕望三川。在昔輟期運，經始闊聖賢。伊瀔絕津濟，臺館無尺椽。宮陛多巢穴，城闕生雲煙。王猷升八表，嗟行方暮年。陰風振涼野，飛雲瞀窮天。臨塗未及引，置酒慘無言。隱憫徒御悲，威遲良馬煩。遊役去芳時，歸來屢徂諐。蓬心既已矣，飛薄殊亦然。

宋豫章太守謝瞻　晉僕射謝混　宋太尉袁淑　宋徵君王微　宋征虜將軍王僧達

【題　解】謝瞻（西元三八七～四二一年），字宣遠，陳郡陽夏（今河南太康）人。晉末仕至劉裕鎮軍參軍，入宋，為中書黃門侍郎、相國從事中郎。後自請降黜，出為豫章太守。少有文才，曾作〈喜霽詩〉，由族弟謝靈運書寫，從叔謝混誦讀，時人嘆為「三絕」。原有集三卷，已佚。今存詩五首。

謝混（西元？～四一二年），字叔源，小字益壽，陳郡陽夏（今河南太康）人，謝安之孫。少善為文。仕晉為中書令、中領軍、尚書左僕射，後為劉裕所殺。其詩描寫山水，開始變革玄言詩風。原有集五卷，已佚。今存〈遊西池〉等五首。

袁淑（西元四〇八～四五三年），字陽源，陳郡陽夏（今河南太康）人。曾任臨川王劉義慶諮議參軍，累遷尚書吏部郎，轉御史中丞，後遷太子左衛率，為劉劭所殺。孝武立，贈侍中、太尉，謚忠憲。原有集十一卷，已佚。後人輯有《袁陽源集》，存五言詩五首。

王微（西元四一五～四五三年），字景玄，琅邪臨沂（今屬山東省）人。好學博覽，初為司徒祭酒，後召為南平王劉鑠諮議參軍、中書侍郎等職。以父憂去職，遂稱疾不就徵。原有集十卷，已佚，現存五言詩五首，以〈雜詩〉二首較著名。

王僧達（西元四二三～四五八年），琅邪臨沂（今屬山東省）人。初任始興王劉濬後軍參軍，後為宣城太守。孝武即位，任尚書僕射，加征虜將軍。大明元年（西元四五七年），遷左衛將軍，領太子中庶子，封寧陵縣侯。二年，遷中書令。被誣下獄死。原有集十卷，已佚，今存詩五首，其中五言四首。

其源出於張華❶。才力苦弱，故務❷其清淺，殊得風流媚趣❸。課❹其實錄❺，則豫章❻、僕射❼，宜分庭抗禮❽。徵君❾、太尉❿，可託乘後車⓫。征虜⓬卓卓⓭，殆欲度驊騮前⓮。

【章旨】本條評謝瞻、謝混、袁淑、王微、王僧達五人，都源出張華，才弱而詩風清淺，但彼此之間又有高下之別。

【注釋】❶張華　詳見《詩品》中品。中品評張華詩「兒女情多，風雲氣少」，與本條所謂「清淺」、「風流媚趣」相對應。❷務　努力；追求。❸風流媚趣　風流嬌媚的情趣。❹課　考核；考察。❺實錄　實際的創作情況。❻豫章　指謝瞻。❼僕射　指謝混。❽分庭抗禮　以平等的禮節相對待。比喻地位平等、不分上下。❾徵君　指王微。❿太尉　指袁淑。⓫後車　副車；侍從之車。語出《詩經・小雅・綿蠻》：「命彼後車，謂之載之。」這裏意為後繼之車。⓬征虜　指王僧達。⓭卓卓　突出的樣子。⓮欲度驊騮前　要超越到駿馬前面去。驊騮，駿馬。這裏比喻謝瞻等人。

【語　譯】他們的詩源出於張華。由於才力不足，所以追求清新淺近的風格，格外有風流嫵媚的情趣。考察他們的實際創作情況，那麼，謝瞻和謝混二人，實在可以分庭抗禮，難分高低。王微、袁淑，只能緊隨其後。王僧達才華突出，幾乎要超過前幾位高才。

【附　錄】

謝瞻　答靈運

夕霽風氣涼，閒房有餘清。開軒滅華燭，月露皓已盈。獨夜無物役，寢者亦云寧。忽獲愁霖唱，懷勞奏所成。嘆彼行旅艱，深茲眷言情。伊余雖寡慰，殷憂暫為輕。牽率酬嘉藻，長揖愧吾生。

謝混　遊西池

悟彼蟋蟀唱，信此勞者歌。有來豈不疾，良遊常蹉跎。逍遙越城肆，願言屢經過。迴阡被陵闕，高臺眺飛霞。惠風蕩繁囿，白雲屯曾阿。景昃鳴禽集，水木湛清華。褰裳順蘭沚，徙倚引芳柯。美人愆歲月，遲暮獨如何。無為牽所思，南榮戒其多。

袁淑　效古詩

訊此倦遊士，本家自遼東。昔隸李將軍，十載事西戎。結車高闕下，極望見雲中。四面各千里，縱橫起嚴風。寒燠豈如節，霜雨多異同。夕寐北河陰，夢還甘泉宮。勤役未云已，壯年徒為空。迺知古時人，所以悲轉蓬。

王微　雜詩二首（選一首）

思婦臨高臺，長想憑華軒。弄弦不成曲，哀歌送苦言。箕帚留江介，良人處雁門。詎憶無衣苦，但知狐白溫。日暗牛羊下，野雀滿空園。孟冬寒風起，東壁正中昏。朱火獨照人，抱景自愁怨。誰知心曲亂，所思不可論。

王僧達　和琅琊王依古詩

少年好馳俠，旅宦遊關源。既踐終古跡，聊訊興亡言。隆周為藪澤，皇漢成山樊。久沒離宮地，安識壽陵園。仲秋邊風起，孤蓬卷霜根。白日無精景，黃沙千里昏。顯軌莫殊轍，幽途豈異魂。聖賢良已矣，抱命復何怨。

宋法曹參軍謝惠連

【題解】謝惠連（西元三九七～四三三年），陳郡陽夏（今河南太康）人。少有文才，與族兄謝靈運並稱「大小謝」。元嘉間，為彭城王劉義康法曹參軍，故世稱謝法曹。原有集六卷，已佚，後人輯有《謝法曹集》，今存五言詩二十餘首。

小謝才思富捷❶。恨其蘭玉夙凋❷，故長轡未騁❸。〈秋懷〉、〈擣衣〉❹之作，雖復靈運銳思，亦何以加焉。又工為綺麗歌謠❺，風人❻第一。《謝氏家錄》❼云：「康樂❽每對惠連，輒得佳語。後在永嘉西堂❾，思詩竟日不就，寤寐間❿，忽見惠連，即成『池塘生春草⓫』。故嘗云：『此語有神助，非我語也。』」

【章旨】本條評謝惠連詩，稱讚其詩才，惋惜其早逝，並引錄《謝氏家錄》中的一段軼事。

【注釋】❶才思富捷　文才豐富，思維敏捷。❷蘭玉夙凋　這裏指謝惠連三十七歲早逝。蘭玉，猶稱芝蘭玉樹，是當時對貴族優秀子弟的稱呼。夙凋，早謝。❸長轡未騁　馬繮雖長未及馳騁。這裏指謝惠連早逝，未能充分施展才華。轡，馬繮繩。❹秋懷擣衣　見本條附錄。明張溥《漢魏六朝百三家集題辭・謝法曹集》：「詩則〈秋懷〉、〈擣衣〉二篇居最。」❺歌謠　指謝惠連創作的樂府詩，今存十幾首。❻風人　本指古代采詩者，後亦稱詩人特別是樂府詩人為風人。❼謝氏家錄　記載陳郡陽夏謝氏人物事跡的家傳類著作，今佚。《南史・謝惠連傳》亦記靈運夢見惠連事，即據此書採錄。❽康樂　謝靈運，詳參《詩品》上品「謝靈運」條。❾永嘉西堂　永嘉，郡名，治所在今浙江溫州，謝靈運曾為永嘉太守。西堂當在其府廨之內。❿寤寐間　醒睡之間。寤，醒來。寐，睡著。⓫池塘生春草　謝靈運〈登池上樓〉詩中句。葉夢得《石林詩話》卷中：「世多不解此語為工，蓋欲以奇求之耳。此語之工，正在無所用意，猝然與景相遇，藉以成章，不假繩削，故非常情所能到。」胡應麟《詩藪》外編卷二：「『池塘生春草』，不必苦謂佳，亦不必謂不佳。靈運諸佳句，多出深思苦索。如『清暉能娛人』之類，雖非鍛鍊而成，要皆真積所致。此卻率然信口，故自謂奇。」

【語　譯】小謝文才豐富、思維敏捷。遺憾的是他英年早逝，所以未能充分施展才華。〈秋懷〉、〈擣衣〉這樣的詩，即使有謝靈運那樣的敏銳才思，也不會寫得更好了。他又擅長寫綺麗的歌謠，是當時樂府詩人中的第一高手。《謝氏家錄》說：「謝靈運每次面對著惠連，就能寫出好的詩句。後來謝靈運在永嘉西堂構思詩句，想了一整天也沒有結果，半夢半醒之間，恍惚看見惠連，就寫出了『池塘生春草』的句子。所以謝靈運曾說：『這句詩有神靈相助，不是我想出來的。』」

【附　錄】

秋懷詩

平生無志意，少小嬰憂患。如何乘苦心，矧復值秋晏。皎皎天月明，奕奕河宿爛。蕭瑟含風蟬，寥戾度雲雁。寒商動清閨，孤燈曖幽幔。耿介繁慮積，展轉長宵半。夷險難豫謀，倚伏昧前算。雖好相如達，不同長卿慢。頗悅鄭生偃，無取白衣宦。未知古人心，且從性所翫。賓至可命觴，朋來當染翰。高臺驟登踐，清淺時陵亂。頹魄不再圓，傾羲無兩旦。金石終須毀，丹青暫彫煥。各勉玄髮歡，無貽白首嘆。因歌遂成賦，聊用布親串。

擣衣詩

衡紀無淹度，晷運倏如催。白露滋園菊，秋風落庭槐。肅肅莎雞羽，烈烈寒螿啼。夕陰結空幕，霄月皓中閨。美人戒裳服，端飾相招攜。簪玉出北房，鳴金步南階。櫚高砧響發，楹長杵聲哀。微芳起兩袖，輕汗染雙題。紈素既已成，君子行未歸。裁用笥中刀，縫為萬里衣。盈篋自余手，幽緘俟君開。腰帶準疇昔，不知今是非。

宋參軍鮑照

【題　解】鮑照（約西元四一四～四六六年），字明遠，東海（今江蘇連雲港東）人。孝武初，為海虞令，遷太學博士，兼中書舍人。出任秣陵令，轉永嘉令。臨海王劉子頊鎮守荊州，照為前軍參軍，故世稱鮑參軍。子頊起兵失敗，鮑照死於亂軍之中。鮑照出身寒門，雖有大志，卻備受壓抑，詩中多有不平之氣。工於樂府詩，尤長七言歌行，風格與流俗迥異，成就甚高。然《詩品》僅列為中品，後人頗有為鮑照不平者。有《鮑參軍集》。

其源出於二張❶。善製形狀寫物之詞❷。得景陽之諔詭❸，含茂先之靡嫚❹，骨節❺強於謝混，驅邁❻疾於顏延。總四家而擅美❼，跨兩代❽而孤出。嗟其才秀人微❾，故取湮當代❿。然貴尚巧似，不避危仄⓫，頗傷清雅之調。故言險俗者，多以附照⓬。

【章　旨】本條評鮑照詩，評價甚高：鮑照兼有四家之長，拔萃於晉宋二代，可惜家世寒微，未能在當代引起足夠重視。

【注　釋】❶二張　即下文提到的景陽（張協字）、茂先（張華字）。張協見《詩品》上品，其中評張協「巧構形似之言」，正與鮑照相同。張華見《詩品》中品。❷善製形狀寫物之詞　擅長寫作描摹事物情態的詞句。❸諔詭　即倜儻、軼蕩之意，亦即上品評張協所謂「風流調達」。清劉熙載《藝概・詩概》：「景陽詩開鮑明遠。」清何焯《義門讀書記》卷四七稱鮑照「〈東門行〉直追『十九首』，又近景陽。」「〈苦熱行〉可敵景陽〈苦雨〉。」❹靡嫚　靡曼；華美妍麗。即中品評張華所謂「其體華豔」、「務為妍冶」。何焯《義門讀書記》卷四六認為：「〈張華〉〈輕薄〉、〈壯士〉諸篇，鮑明遠所祖，微過多耳。」❺骨節　氣骨；骨力。應包括才力和筆力兩方面。中品評謝混「才力苦弱」，可參看。❻驅邁　奔馳豪邁。形容詩風磊落坦蕩，俊逸奔放，沒有矯飾拘束。中品評顏延之「喜用古事，彌見拘束。」可以對照。❼擅美　獨佔其美。❽兩代　指晉、宋兩代。❾微　家世寒微。❿取湮當代　埋沒於劉宋一代。明張溥《漢魏六朝百三家集題辭・鮑參軍集》說：「鮑明遠才秀人微，史不立傳。」按：《宋書》和《南史》都不列鮑照傳。⓫危仄　即險仄、險急，指音調和詞采兩方面而言。陳延傑《詩品注》：「明遠藻思綺合，信為絕出，尤獨擅古樂府，真天才也。唯頗喜巧琢，流於險仄，是其所短也。」⓬故言險俗者二句　蕭子顯《南齊書・文學傳論》：「今之文章，作者雖眾，總而為論，略有三體：……次則發唱驚挺，操調險急，雕藻淫豔，傾炫心魂，亦猶五色之有紅紫，八音之有鄭衛。斯鮑照之遺烈也。」附，依附；附屬。

【語　譯】鮑照的詩淵源於張協、張華。善於寫作描繪事物情狀的詩句。他繼承了張協的倜儻放達，包含了張華的華美妍麗，骨力比謝混強健，奔放豪邁遠遠超過顏延之，融會四家的優點而形成了自己獨特之美，跨越晉、宋兩代而卓立不群。可嘆他才華出眾而出身寒微，所以在當世埋沒無聞。然而他重視描摹的巧妙逼真，不迴避用險急的音調詞采，頗有損於清和優雅的格調。所以主張詩風險俗的人，大多依附鮑照。

【附錄】

代出自薊北門行

羽檄起邊亭，烽火入咸陽。徵騎屯廣武，分兵救朔方。嚴秋筋竿勁，虜陣精且強。天子按劍怒，使者遙相望。雁行緣石徑，魚貫渡飛梁。簫鼓流漢思，旌甲被胡霜。疾風衝塞起，沙礫自飄揚。馬毛縮如蝟，角弓不可張。時危見臣節，世亂識忠良。投軀報明主，身死為國殤。

代東門行

傷禽惡弦驚，倦客惡離聲。離聲斷客情，賓御皆涕零。涕零心斷絕，將去復還訣。一息不相知，何況異鄉別。遙遙征駕遠，杳杳落日晚。居人掩閨臥，行子夜中飯。野風吹秋木，行子心腸斷。食梅常苦酸，衣葛常苦寒。絲竹徒滿堂，憂人不解顏。長歌欲自慰，彌起長恨端。

擬古詩八首（選一首）

東薪幽篁裏，刈黍寒澗陰。朔風傷我肌，號鳥驚思心。歲暮井賦訖，程課相追尋。田租送函谷，獸藁輸上林。河渭冰未開，關隴雪正深。笞擊官有罰，呵辱吏見侵。不謂乘軒意，伏櫪還至今。

翫月城西門廨中

始見西南樓，纖纖如玉鉤。末映東北墀，娟娟似蛾眉。蛾眉蔽珠櫳，玉鉤隔瑣窗。三五二八時，千里與君同。夜移衡漢落，徘徊帷戶中。歸華先委露，別葉早辭風。客遊厭苦辛，仕子倦飄塵。休澣自公日，宴慰及私辰。蜀琴抽〈白雪〉，郢曲發〈陽春〉。肴乾酒未缺，金壺啟夕淪。迴軒駐輕蓋，留酌待情人。

齊吏部謝朓

【題解】謝朓（西元四六四～四九九年），字玄暉，陳郡陽夏（今河南太康）人，與謝靈運同族，後人亦稱為「小謝」。年十九，為豫章王太尉行參軍，後任隨王蕭子隆、竟陵王蕭子良幕下功曹、文學等職，為「竟陵八友」之一。明帝時，轉任驃騎諮議，轉中書郎，出為宣城太守，又稱「謝宣城」。因事遭誣諂，下獄死。其詩多描寫山水景色，風格清新自然，多有佳句。其新體詩講究平仄對仗，音韻和諧，開唐代律詩之先聲。《南齊書・謝朓傳》曰：「朓長五言詩，沈約常云：『二百年來，無此詩也。』」《詩品》僅列中品，後人亦頗有異議。原有集十二卷，已佚。明人輯有《謝宣城集》。

其源出於謝混❶，微傷細密❷，頗在不倫❸。一章之中，自有玉石❹。然奇章秀句，往往警遒❺。足使叔源❻失步❼，明遠❽變色❾。善自發詩端❿，而末篇多躓⓫，此意銳而才弱也。至為後進士子之所嗟慕⓬。朓極與余論詩⓭，感激頓挫過其文。

【章　旨】本條評謝朓詩。謝朓詩既有其長處，又有其短處，不僅長於創作，而且頗能持論。

【注　釋】❶謝混　詳見前文。❷細密　指詩中十分講究對仗和音節的平仄。陳祚明《采菽堂古詩選》卷二〇評謝朓詩：「按章使字，法密旨工。」❸不倫　不像；不同。❹玉石　喻精粗雜陳，良莠不齊。❺警遒　警策、剛勁。謝朓詩中頗多佳句，如「餘霞散成綺，澄江靜如練」、「天際識歸舟，雲中辨江樹」、「大江流日夜，客心悲未央」等。❻叔源　謝混，字叔源。❼失步　步態錯亂；卻步。❽明遠　鮑照，字明遠。❾變色　大驚失色。❿善自發詩端　善於作詩的起句，首聯。明楊慎《升菴詩話》卷二云：「五言律起句最難，六朝人稱謝朓工於發端。如『大江流日夜，客心悲未央』，雄壓千古矣。」⓫躓　本意為跌倒。這裏指詩句不順暢、不能振起全篇。⓬至為後進士子之所嗟慕　後進文人讚嘆傾慕謝朓的詩。〈詩品序〉：「次有輕薄之徒，……謂鮑照羲皇上人，謝朓今古獨步。」⓭朓極與余論詩　永明六年（西元四八八年），鍾嶸為國子生，謝朓為王儉東閣祭酒，二人同在京師，相與論詩當在此時。謝朓論詩語多不存，《詩品》下品評虞羲詩時曾說，「謝朓嘗嗟頌之。」極，通「亟」。屢次。

【語　譯】謝朓的詩源出於謝混，在平仄對偶方面稍嫌細密，這與謝混頗不相同。一篇詩中，往往瑕瑜並存。但奇章佳句，也往往警策有力，足以使謝混望而卻步，使鮑照大驚失色。謝朓寫詩善於起句開篇，但結尾大多萎弱不振，這是因為他詩思敏銳而詩才有限。但他極為後起文士所讚嘆欽慕。謝朓多次和我談論詩歌，慷慨激昂，抑揚頓挫，超過了他作的詩。

【附　錄】

暫使下都夜發新林至京邑贈西府同僚

大江流日夜，客心悲未央。徒念關山近，終知返路長。秋河曙耿耿，寒渚夜蒼蒼。引領見京室，宮雉正相望。金波麗鳷鵲，玉繩低建章。驅車鼎門外，思見昭丘陽。馳暉不可接，何況隔兩鄉？風雲有鳥路，江漢限無梁。常恐鷹隼擊，時菊委嚴霜。寄言罻羅者，寥廓已高翔。

之宣城郡出新林浦向板橋

江路西南永，歸流東北騖。天際識歸舟，雲中辨江樹。旅思倦搖搖，孤遊昔已屢。既歡懷祿情，復協滄洲趣。囂塵自茲隔，賞心於此遇。雖無玄豹姿，終隱南山霧。

新亭渚別范零陵雲

洞庭張樂地，瀟湘帝子遊。雲去蒼梧野，水還江漢流。停驂我悵望，輟棹子夷猶。廣平聽方籍，茂陵將見求。心事俱已矣，江上徒離憂。

晚登三山還望京邑

灞涘望長安，河陽視京縣。白日麗飛甍，參差皆可見。餘霞散成綺，澄江靜如練。喧鳥覆春洲，雜英滿芳甸。去矣方滯淫，懷哉罷歡宴。佳期悵何許，淚下如流霰。有情知望鄉，誰能鬒不變。

梁光祿江淹

【題解】江淹（西元四四四～五〇五年），字文通，濟陽考城（今河南蘭考）人。歷仕宋、齊、梁三代。入梁為散騎常侍、左衛將軍，官至紫金光祿大夫，封醴陵侯。江淹少年即以文學著名。其詩善模擬，如〈雜體三十首〉模擬自漢至宋三十位作家，文辭清麗。胡應麟《詩藪》外編卷二云：「文通擬漢三詩俱遠，獨魏文、陳思、劉楨、王粲四作，置之魏風莫辨，真傑思也。」劉熙載《藝概・詩概》云：「江文通詩，有淒涼日暮，不可如何之意，此詩多情而人之不濟也。雖長於雜擬，於古人蒼壯之作亦能肖吻，究非其本色耳。」江淹晚年詩文不如早年，人們稱之為「江淹才盡」。原有集二卷，已佚。後人輯有《江文通集》。

文通詩體總雜❶，善於摹擬❷。筋力於王微❸，成就於謝朓❹。初，淹罷宣城郡❺，遂宿冶亭❻，夢一美丈夫，自稱郭璞❼，謂淹曰：「吾有筆在卿處多年矣，可以見還。」淹探懷中，得五色筆以授之。爾後為詩，不復成語，故世傳「江淹才盡❽」。

【章　旨】本條評江淹詩。江淹詩善於摹擬，風格多樣。本條還記錄了一則江淹軼事，以解釋江淹才盡的原因。

【注　釋】❶詩體總雜　詩的風格龐雜多樣。江淹有〈雜體詩〉三十首，又有〈學魏文帝〉、〈效阮公詩十五首〉等，摹擬古人，兼有各體。❷善於摹擬　宋嚴羽《滄浪詩話・詩評》：「擬古唯江文通最長，擬淵明似淵明，擬康樂似康樂，擬左思似左思，擬郭璞似郭璞，獨擬李都尉一首，不似西漢耳。」元陳繹曾《詩譜》也說江淹「善觀古作，曲盡心手之妙，其自作乃不能爾。」❸筋力於王微　指為詩之才力強於王微。筋，力也。❹成就於謝朓　指整體詩作表現高於謝朓。就，成也。❺宣城郡　郡名，治所在今安徽宣城。❻冶亭　宋周應合《景定建康志》曰：「冶亭在冶城，宋義熙十一年，劉鍾領石頭戍事，屯冶亭，今即冶城樓所在之處。」冶亭在今南京朝天宮附近。❼夢一美丈夫二句　江淹夢見郭璞事，亦見《南史・江淹傳》。當時傳聞異辭，《南史・江淹傳》還記了另外一種傳說：「淹少以文章顯，晚節才思微退，云為宣城太守時罷歸，始泊禪靈寺渚，夜夢一人自稱張景陽，謂曰：『前以一匹錦相寄，今可見還。』淹探懷中得數尺與之，此人大恚曰：『那得割截都盡。』顧見丘遲，謂曰：『餘此數尺既無所用，以遺君。』自爾淹文章躓矣。」❽江淹才盡　《詩品》和《南史》都將江淹才盡歸於這場神祕的夢，歸於一個難以理喻的原因。但明張溥《漢魏六朝百三家集題辭・鮑參軍集》認為江淹是有意韜光養晦：「江文通遭逢梁武，年華望暮，不敢以文陵主，意同明遠，而蒙譏才盡。」清姚鼐《惜抱軒筆記》卷八則認為是受仕宦盛達的影響：「江詩之佳，實在宋、齊之間，仕宦未盛之時。及名位益登，塵務經心，清思旋乏，豈才盡之過哉！」

【語　譯】江淹的詩體龐雜多樣，擅長於摹擬。他的詩才力強於王微，成就高於謝朓。當初，江淹從宣城太守任上罷歸，寄宿於冶亭，夢見一位美男子，自稱是郭璞，對江淹說：「我有一支筆在你這兒已多年了，現在可以還給我了。」江淹把手伸進懷中，摸出一支五色筆交還給他。從此以後寫詩，不再能寫出像樣的詩句，所以世人都說「江淹才盡」。

【附 錄】

雜體詩（選三首）

李都尉陵從軍

尊酒送征人，踟躕在親宴。日暮浮雲滋，握手淚如霰。悠悠清川水，嘉魴得所薦。而我在萬里，結髮不相見。袖中有短書，願寄雙飛燕。

阮步兵籍詠懷

青鳥海上游，鸒斯蒿下飛。浮沉不相宜，羽翼各有歸。飄飄可終年，沆瀁安是非。朝雲乘變化，光耀世所稀。精衛銜木石，誰能測幽微。

陶徵君潛田居

種苗在東皐，苗生滿阡陌。雖有荷鉏倦，濁酒聊自適。日暮巾柴車，路闇光已夕。歸人望煙火，稚子候簷隙。問君亦何為，百年會有役。但願桑麻成，蠶月得紡績。素心正如此，開徑望三益。

梁衛將軍范雲　梁中書郎丘遲

【題解】范雲（西元四五一～五〇三年），字彥龍，南鄉舞陰（今河南泌陽西北）人。宋時為員外散騎郎。齊時，為竟陵王蕭子良王府主簿，為「竟陵八友」之一。梁時遷侍中，任散騎常侍、吏部尚書。以佐命功，封霄城縣侯。卒贈侍中、衛將軍。明許學夷《詩源辨體》卷九云：「范雲五言，在齊梁間聲氣獨雄。永明以後，梁武取調，范雲取氣。」原有集三十卷，已佚。今存詩四十餘篇。

丘遲（西元四六四～五〇八年），字希範，吳興烏程（今浙江吳興）人。齊時，為太學博士，後遷殿中郎。入梁，遷中書侍郎，待詔文德殿。出為永嘉太守，被彈劾。後隨中軍將軍臨川王蕭宏北伐魏，還都後任中書侍郎，遷司空從事中郎。丘善詩文，辭采優美飄逸。清何焯《義門讀書記》卷四七評其詩「步康樂而未屆精微，所工特模範間矣。」「體物工矣，興象不逮。」原有集十一卷，已佚。明人輯有《丘中郎集》。

范詩清便宛轉❶，如流風迴雪❷；丘詩點綴映媚，似落花依草❸。故當淺於江淹，而秀於任昉❹。

【章　旨】本條以形象的比喻評論范雲、丘遲詩，並將他們與江淹、任昉作了比較。

【注　釋】❶清便宛轉　清新便捷，委婉曲折。❷如流風迴雪　如同雪花隨著輕風飄逸漫舞。形容詩風飄逸輕靈。語出曹植〈洛神賦〉：「飄飄兮若流風之迴雪。」清何焯《義門讀書記》卷四六評范雲〈贈張徐州謖〉：「『疑是徐方牧』八句，流風迴雪。記室固最得其如此。」❸落花依草　花落草邊，相互映襯，得其點綴之美。陳延傑《詩品注》：「丘詩模山範水，辭采麗逸，恰似『落花依草』也。」❹故當淺於江淹二句　《南史・丘遲傳》曰：「遲辭采麗逸。時有鍾嶸著詩評云：『范雲婉轉清便，如流風回雪。遲點綴映媚，似落花依草。雖取賤文通，而秀於敬子。』」文字與今本稍有不同。文通是江淹字，敬子是任昉的諡號。

【語　譯】范雲的詩清新便捷，委婉曲折，像白雪隨風輕舞。丘遲的詩有點綴映襯的美，如同花瓣落於綠草之上。所以說他們的詩比江淹清淺，而比任昉秀美。

【附　錄】

范雲　贈張徐州謖

田家樵採去，薄暮方來歸。還聞稚子說，有客款柴扉。儐從皆珠玳，裘馬悉輕肥。軒蓋照墟落，傳瑞生光輝。疑是徐方牧，既是復疑非。思舊昔言有，此道今已微。物情棄疵賤，何獨顧衡闈。恨不具雞黍，得與故人揮。懷情徒草草，淚下空霏霏。寄書雲間雁，為我西北飛。

丘遲　旦發漁浦潭

漁潭霧未開，赤亭風已颺。櫂歌發中流，鳴鞞響沓障。村童忽相聚，野老時一望。詭怪石異象，嶄絕峰殊狀。森森荒樹齊，析析寒沙漲。藤垂島易陟，崖傾嶼難傍。信是永幽棲，豈徒暫清曠。坐嘯昔有委，臥治今可尚。

梁太常任昉

【題　解】任昉（西元四六〇～五〇八年），字彥昇，樂安博昌（今山東壽光）人。歷仕宋、齊、梁三代。齊時，任竟陵王記室參軍，為「竟陵八友」之一。入梁，任御史中丞、祕書監，曾校定祕閣所藏四部書籍。卒贈太常，諡敬子。任昉博學多聞，為詩喜用典故。又擅長表、奏、書、啟等文體，語言精美，時人有「沈詩任筆」之稱。原有集三十三卷，已佚，明人輯有《任彥昇集》。

彥昇少年為詩不工，故世稱「沈詩任筆」，昉深恨之❶。晚節❷愛好既篤，文亦遒變❸。善銓❹事理，拓體淵雅❺，得國士❻之風。故擢居中品。但昉既博物❼，動輒用事❽，所以詩不得奇。少年士子效其如此，弊矣。

【章　旨】本條評任昉詩。任昉長於筆而不工於詩，與沈約齊名而各有所長。博物好學使他的詩作用典太多，所以不得奇。

【注　釋】❶故世稱沈詩任筆二句　《南史・任昉傳》亦記：「既以文才見知，時人云『任筆沈詩』。昉聞，甚以為病。」又記：「昉尤長為筆，頗慕傅亮才思無窮，當時王公表奏無不請焉。昉起草即成，不加點竄。沈約一代辭宗，深所推挹。」沈，指沈約。筆，南朝人稱無韻的散文，包括表奏書啟等。恨，遺憾。❷晚節　晚年。❸遒變　驟變；大大改變。❹銓　通「詮」。詮說。❺拓體淵雅　開拓詩體深遠優雅。❻國士　國中才華出眾的人。❼昉既博物　《南史・任昉傳》：「(昉)博學，於書無所不見，雖家貧，聚書至萬餘卷，率多異本。」❽動輒用事　《南史・任昉傳》：「晚節轉好著詩，欲以傾沈。用事過多，屬辭不得流便，自爾都下士子慕之，轉為穿鑿，於是有才盡之談矣。」

【語　譯】任昉年輕時詩做得不好，所以世人有「沈詩任筆」的說法，任昉深深感到遺憾。到了晚年，既十分愛好作詩，詩風也大大改變。善於詮說事理，發展成一種深遠雅正的詩體，顯示了國士的風範。所以將他的詩提升到中品。但任昉既然博學多聞，動不動就使用典故，所以他的詩算不得優異。那些年輕的讀書人，在這一方面效法他，實在是一個弊病。

【附　錄】

贈郭桐廬出谿口見候余既未至郭仍進村維舟久之郭生方至

朝發富春渚，蓄意忍相思。涿令行春返，冠蓋溢川坻。望久方來萃，悲歡不自持。滄江路窮此，湍險方自茲。疊嶂易成嚮，重以夜猿悲。客心幸自弭，中道遇心期。親好自斯絕，孤遊從此辭。

梁左光祿沈約

【題解】沈約（西元四四一～五一三年），字休文，吳興武康（今浙江德清武康鎮）人。初仕宋、齊二代，為「竟陵八友」之一。梁朝建，因助梁武帝蕭衍登基有功，為尚書僕射，封建昌縣侯，後遷尚書令，領太子少傅、左光祿大夫，加特進，卒謚隱。沈約是「永明體」的重要詩人，提倡四聲八病之說。其詩講求對偶，語言靡麗。明胡應麟《詩藪》外編卷二評其詩云：「休文四聲八病，首發千古妙詮，其於近體，允謂作者之聖，而自運乃無一篇，諸作材力有餘，風神全乏。視彥昇、彥龍，僅能過之。」原有集一百卷，已佚，今人陳慶元有《沈約集校箋》。

觀休文眾製❶，五言最優。詳其文體，察其餘論❷，固知憲章鮑明遠❸也。所以不閑❹於經綸❺，而長於清怨❻。永明相王❼愛文，王元長❽等皆宗附❾之。約❿於時，謝朓⓫未遒，江淹⓬才盡，范雲⓭名級⓮故微，故約稱獨步。雖文不至⓯，其工麗亦一時之選也。見重閭里⓰，誦詠成音。嶸謂約所著既多，今翦除淫雜⓱，收其精要，允為中品之第矣⓲。

故當詞密於范，意淺於江也。

【章　旨】本條評沈約詩，指出了他的特點與不足，認為沈約長於五言，與鮑照一脈相承，永明年間，他獨步一時，有其時代背景。

【注　釋】❶眾製　眾多的作品。❷餘論　指沈約關於詩歌的言論。❸憲章鮑明遠　效法摹仿鮑照。❹閑　嫻熟。❺經綸　經營布置。❻清怨　清幽哀怨。這裏指詩歌抒情。❼永明相王　指竟陵王蕭子良。《梁書・武帝紀》：「竟陵王子良開西邸，招文學，高祖（蕭衍）與沈約、謝朓、王融、蕭琛、范雲、任昉、陸倕等並遊焉，號曰『八友』。」❽王元長　王融，字元長。見《詩品》下品。❾宗附　作為宗主而歸附之。❿約　車柱環《校證》云：「竊疑『約』字本在『等』字上，原文本作『王元長、約等皆宗附之。』」⓫謝朓　《詩品》列中品，詳前文。⓬江淹　《詩品》列中品，詳前文。⓭范雲　《詩品》列中品，詳見前文。⓮名級　名聲和官位。⓯至　達到頂點。⓰閭里　鄉里；民間。⓱淫雜　亦作「涇雜」，都是蕪雜、雜亂之意。⓲允為中品之第矣　《南史・鍾嶸傳》：「嶸嘗求譽於沈約，約拒之。及約卒，嶸品古今詩為評，言其優劣，……蓋追宿憾，以此報約也。」認為鍾嶸因有積怨才置沈約於中品。但胡應麟《詩藪》外編卷二、《四庫全書總目》卷一九五《詩品》提要都認為沈約列在中品是公平的，鍾嶸沒有藉機泄私憤。

【語　譯】綜觀沈約的各類作品，五言詩最好。細究他的詩作風格，考察他有關詩歌的言論，可以知道他是效法鮑照的。所以沈約不諳熟經營布置，而以清怨的抒情見長。竟陵王蕭子良愛好文學，王融等人都歸附於他。這時謝朓還沒有出類拔萃，江淹已是才力退盡，范雲的名聲和地位本來就不高，所以沈約獨領風騷。雖然他的詩歌未達到極致，他的精工典麗在當時卻是突出的代表。他的詩在鄉閭閭巷受到推重，被誦讀吟詠。我覺得沈約作品很多，現在去除其中的蕪雜部分，收錄其精要之作，公平地說可以列為中品了。應當說他的詩用詞比范雲繁密，立意比江淹淺顯。

【附 錄】

遊沈道士館

秦皇御宇宙，漢帝恢武功。歡娛人事盡，情性猶未充。銳意三山上，托慕九霄中。既表祈年觀，復立望仙宮。寧為心好道，直由意無窮。曰余知止足，是願不須豐。遇可淹留處，便欲息微躬。山嶂遠重疊，竹樹近蒙籠。開襟濯寒水，解帶臨清風。所累非物外，為念在玄空。朋來握石髓，賓至駕輕鴻。都令人徑絕，唯使雲路通。一舉凌倒景，無事適華嵩。寄言賞心客，歲暮爾來同。

宿東園

陳王鬥雞道，安仁採樵路。東郊豈異昔，聊可閒余步。野徑既盤紆，荒阡亦交互。槿籬疎復密，荊扉新且故。樹頂鳴風飆，草根積霜露。驚麏去不息，征鳥時相顧。茅棟嘯愁鴟，平岡走寒兔。夕陰帶層阜，長煙引輕素。飛光忽我遒，寧止歲云暮。若蒙西山藥，頹齡倘能度。

卷下

漢令史班固　漢孝廉酈炎　漢上計趙壹

【題解】班固（西元三二～九二年），字孟堅，扶風安陵（今陝西咸陽東北）人。少有文才。明帝召為蘭臺令史，轉升為郎，典校祕書。歷經二十餘年，修成《漢書》。和帝永元元年（西元八九年），從大將軍竇憲出征匈奴，後受憲罪牽連，死於獄中。原有集，已佚。明人輯有《班蘭臺集》。其〈詠史〉詩是現存最早的文人五言詩之一。

酈炎（西元一五〇～一七七年），字文勝，范陽（今河北定興固城鎮）人。有文才。靈帝時，州郡辟，皆不就，後因事死獄中。原有集，已佚。今存〈見志詩〉二首，見其激憤之情。

趙壹（生卒年不詳），字元叔，漢陽西縣（今甘肅天水南）人。為人狂放不羈。光和元年（西元一七八年），為上計吏，後十辟公府，皆不就。原有集，已佚。今存五言詩二首。

孟堅才流，而老於掌故❶，觀其〈詠史〉❷，有感嘆之詞。文勝託詠靈芝❸，懷寄不淺❹。元叔散憤蘭蕙❺，指斥囊錢❻，苦言切句，良亦勤矣。斯人也，而有斯困❼，悲夫！

【章　旨】本條評三位詩中都有感懷的漢代五言詩人。

【注　釋】❶老於掌故　精通典籍故實。❷觀其詠史　漢文帝時，太倉令有罪當死，其女緹縈上書詣闕下，願自沒為官奴，以贖父命，班固〈詠史〉詩即詠此事。詩末二句曰：「百男何憒憒，不如一緹縈」，抒發其感慨。❸靈芝　指酈炎〈見志詩〉，其第二首云：「靈芝生河洲，動搖因洪波。」❹懷寄不淺　〈見志詩〉中「舒吾凌霄羽，奮此千里足。超邁絕塵驅，倏忽誰能逐」、「絳灌臨衡宰，謂誼崇浮華。賢才抑不用，遠投荊南沙。抱玉乘龍驥，不逢樂與和。安得孔仲尼，為世陳四科」等句，皆有詠懷之意。❺散憤蘭蕙　趙壹〈刺世疾邪賦〉所附〈魯生歌〉中有「被褐懷金玉，蘭蕙化為芻」之句。❻指斥囊錢　趙壹〈刺世疾邪賦〉所附〈秦客詩〉中有「文籍雖滿腹，不如一囊錢」之句。❼斯困　指〈魯生歌〉所謂「賢者雖獨悟，所困在群愚。」

【語　譯】班固是很有才學的人，精通典章史實，讀他的〈詠史〉詩，有感慨的詞句。酈炎借詠靈芝，寄託自己深微的情懷。趙壹借蘭蕙抒發自己的憤慨，指責滿腹經綸不值一錢的社會現象。他的詩中詞句愁苦痛切，實在也是很辛苦的了。這樣的人，卻有這樣的困厄，可悲啊！

【附　錄】

班固　詠史

三王德彌薄，惟後用肉刑。太倉令有罪，就逮長安城。自恨身無子，困急獨煢煢。小女痛父言，死者不可生。上書詣闕下，思古歌雞鳴。憂心摧折裂，晨風揚激聲。聖漢孝文帝，惻然感至情。百男何憒憒，不如一緹縈！

酈炎　見志詩二首

大道夷且長，窘路狹且促。修翼無卑棲，遠趾不步局。舒吾凌霄羽，奮此千里足。超邁絕塵驅，倏忽誰能逐。賢愚豈常類，稟性在清濁。富貴有人籍，貧賤無天錄。通塞苟由己，志士不相卜。陳平敖里社，韓信釣河曲。終居天下宰，食此萬鍾祿。德音流千載，功名重山嶽。

靈芝生河洲，動搖因洪波。蘭榮一何晚，嚴霜瘁其柯。哀哉二芳草，不植泰山阿。文質道所貴，遭時用有嘉。絳灌臨衡宰，謂誼崇浮華。賢才抑不用，遠投荊南沙。抱玉乘龍驥，不逢樂與和。安得孔仲尼，為世陳四科。

趙壹　秦客詩

河清不可俟，人命不可延。順風激靡草，富貴者稱賢。文籍雖滿腹，不如一囊錢。伊優北堂上，骯髒倚門邊。

趙壹　魯生歌

勢家多所宜，欬吐自成珠。被褐懷金玉，蘭蕙化為芻。賢者雖獨悟，所困在群愚。且各守爾分，勿復空馳驅。哀哉復哀哉，此是命矣夫。

魏武帝　魏明帝

【題　解】魏武帝曹操（西元一五五～二二〇年），字孟德，沛國譙（今安徽亳縣）人。二十歲舉孝廉。建安元年（西元一九六年）迎獻帝於許都。建安十三年（西元二〇八年），進位丞相，二十一年（西元二一六年）封魏王。曹丕稱帝後，追封武帝。曹操喜好文學，網羅文士，亦善作詩。明人輯有《魏武帝集》。現存五言詩九首，慷慨悲涼，體現了「建安風骨」。後人對鍾嶸置曹操於下品多有異議，如清王士禛就認為：「下品之魏武，宜在上品。」（《漁洋詩話》卷下）

魏明帝曹叡（西元二〇五～二三九年），字元仲，沛國譙（今安徽亳縣）人，曹操之孫，曹丕之子。初封為武德侯，繼為齊公，後為平原王，黃初七年（西元二二六年）即位為魏明帝。曹叡喜好文學，能詩善文。原有集，已佚。現存五言詩七首。

曹公古直❶，甚有悲涼之句。叡不如丕，亦稱三祖❷。

【章　旨】本條評魏二祖詩。

【注　釋】❶古直　古樸質直。陳沆《詩比興箋》卷一云：「曹公蒼莽，古直悲涼，其詩上繼變雅，無篇不奇。」劉熙載《藝概．詩概》曰：「曹公詩氣雄力堅，足以籠罩一切。建安諸子未有其匹者也。子建則隱有仁義之人其言藹如之意。鍾嶸《詩品》不以古直悲涼，加於人倫周、孔之上，豈無見哉。」❷三祖　武帝曹操（太祖）、文帝曹丕（高祖）與明帝曹叡（烈祖）並稱魏之「三祖」，參看〈詩品序〉注。

【語　譯】曹操的詩古樸質直，很有一些慷慨悲涼的詩句。曹叡不如曹丕，也並稱為「三祖」。

【附　錄】

曹操　蒿里行

關東有義士，興兵討群凶。初期會孟津，乃心在咸陽。軍合力不齊，躊躇而雁行。勢利使人爭，嗣還自相戕。淮南弟稱號，刻璽於北方。鎧甲生蟣虱，萬姓以死亡。白骨露於野，千里無雞鳴。生民百遺一，念之斷人腸。

曹操　苦寒行

北上太行山，艱哉何巍巍。羊腸阪詰屈，車輪為之摧。樹木何蕭瑟，北風聲正悲。熊羆對我蹲，虎豹夾路啼。谿谷少人民，雪落何霏霏。延頸長嘆息，遠行多所懷。我心何怫鬱，思欲一東歸。水深橋梁絕，中道正徘徊。迷惑失故路，薄暮無宿棲。行行日已遠，人馬同時飢。擔囊行取薪，斧冰持作糜。悲彼〈東山詩〉，悠悠使我哀。

曹叡　長歌行

靜夜不能寐，耳聽眾禽鳴。大城育狐兔，高墉多鳥聲。壞宇何寥廓，宿屋邪草生。中心感時物，撫劍下前庭。翔佯於階除，景星一何明。仰首觀靈宿，北辰奮休榮。哀彼失群燕，喪偶獨煢煢。單心誰與侶，造房孰與成。徒然喟有和，悲慘傷人情。余情偏易感，懷往增憤盈。吐吟音不徹，泣涕沾羅纓。

魏白馬王彪　魏文學徐幹

【題　解】曹彪（西元?～二四九年），字朱虎，曹操之子。初封壽春侯，黃初七年（西元二二六年）封為白馬王，後徙封楚。齊王元年（西元二四九年），太尉王淩等謀迎彪都許昌，事敗，彪畏罪自殺。今存〈答東阿王詩〉一首，似是殘篇。

徐幹（西元一七〇～二一七年），字偉長，北海（今山東壽光）人，「建安七子」之一。頗有文才，深得曹氏父子賞識，曾任司空軍謀祭酒掾屬、五官中郎將文學。徐幹能詩善賦。原有集，已佚。後人輯有《徐偉長集》。今存詩四首。清王士禛認為：「下品之徐幹，宜在中品。」（《漁洋詩話》卷下）

白馬與陳思答贈❶，偉長與公幹往復❷，雖曰以莛扣鐘❸，亦能閑雅矣。

【章　旨】本條評曹彪和徐幹的詩。白馬王彪與徐幹都寫過贈答詩，故置於同一條品評。

【注　釋】❶白馬與陳思答贈　曹植有〈贈白馬王彪〉一首，曹彪答詩見本條附錄。陳思，曹植封陳王，諡思。❷偉長與公幹往復　劉楨有〈贈徐幹〉二首，徐幹有〈答劉楨詩〉一首。公幹，劉楨字。❸以莛扣鐘　用草莖來撞擊鐘。以輕重懸殊、撞不出聲音來比喻贈答雙方的詩作高下懸殊。莛，草莖。扣，撞擊。但《文心雕龍・明詩》：「王、徐、應、劉，望路而爭驅。」對鍾嶸揚劉抑徐，後人亦有異議。胡應麟《詩藪》外編：「以公幹為巨鐘，而偉長為小莛，抑揚不已過乎？」

【語譯】白馬王彪與陳思王曹植有贈答詩，徐幹和劉楨也有詩歌往來，雖說像用草莖去敲鐘，彼此輕重懸殊，但還算是優雅的。

【附錄】

曹彪　答東阿王詩

盤徑難懷抱，停駕與君訣。即車登北路，永嘆尋先轍。

徐幹　答劉楨詩

與子別無幾，所經未一旬。我思一何篤，其愁如三春。雖路在咫尺，難涉如九關。陶陶朱夏德，草木昌且繁。

徐幹　室思（選一首）

浮雲何洋洋，願因通我辭。飄飄不可寄，徙倚徒相思。人離皆復會，君獨無返期。自君之出矣，明鏡暗不治。思君如流水，何有窮已時。

魏倉曹屬阮瑀　晉頓丘太守歐陽建　魏文學應瑒
晉中書令嵇含　晉河內太守阮侃　晉侍中嵇紹
晉黃門棗據

【題　解】阮瑀（約西元一六五～二一二年），字元瑜，陳留尉氏（今屬河南省）人。少受學於蔡邕。始為曹操司空軍謀祭酒，管記室，後為倉曹掾屬。原有集，已佚。明人輯有《阮元瑜集》。今存詩十二首。

歐陽建（西元二七〇～三〇〇年），字堅石，渤海南皮（今河北南皮）人。辟公府，歷山陽令、尚書郎、馮翊太守、頓丘太守。永康元年（西元三〇〇年），因受石崇株連而被殺。原有集，已佚。今存五言詩一首。

應瑒（西元？～二一七年），字德璉，汝南南頓（今河南項城西）人，「建安七子」之一。曹操召為丞相掾屬，轉為平原侯庶子，後為五官中郎將文學。原有集五卷，已佚。明人輯有《應德璉集》。今人俞紹初輯有《建安七子集》較全。今存詩六首。

嵇含（西元二六三～三〇六年），字君道，譙國銍（今安徽宿縣）人，家於鞏縣亳丘，自號亳丘子。舉秀才，除郎中。惠帝北征，轉中書侍郎。後投鎮南將軍劉弘於襄陽，為弘將所殺。原有集，已佚。今存詩四首。

阮侃（生卒年不詳），字德如，陳留尉氏（今屬河南省）人。與嵇康為友，仕至河內太守。原有集，已佚。現存五言詩二首。

嵇紹（西元二五三～三〇四年），字延祖，譙國銍（今安徽宿縣）人。嵇康之子，累遷散騎常侍、侍中。惠帝敗於蕩陰，紹被害。原有集，已佚，今存詩一首。

棗據（生卒年不詳），字道彥，潁川長社（今河南長葛）人。辟大將軍府，遷尚書郎。賈充伐吳，請為從事中郎。軍還，遷黃門侍郎、中庶子。原有集，已佚。今存五言詩八首，其中五首為殘篇。

元瑜、堅石七君詩，並平典❶不失古體❷。大檢似❸，而二嵇微優矣。

【章旨】本條評七位風格相似的詩人。

【注釋】❶平典　平正典雅。❷古體　古詩。❸大檢似　大抵相似。陳延傑《詩品注》：「余藏有明鈔本《詩品》。『大檢似』，作『大抵相似』。」

【語譯】阮瑀、歐陽建等七人的詩，都平正典雅，不脫古詩的風格。作品風格大致相同，但是嵇紹、嵇含稍好一些。

【附錄】

阮瑀　駕出北郭門行

駕出北郭門，馬樊不肯馳，下車步踟躕，仰折枯楊枝。顧聞丘林中，噭噭有悲啼。借問啼者出，何為乃如斯。親母舍我歿，後母憎孤兒。飢寒無衣食，舉動鞭棰施。骨消肌肉盡，體若枯樹皮。藏我空室中，父還不能知。上塚察故處，存亡永別離。親母何可見，淚下聲正嘶。棄我於此間，窮厄豈有貲。傳告後代人，以此為明規。

歐陽建　臨終詩

伯陽適西戎，孔子欲居蠻。苟懷四方志，所在可遊盤。況乃遭屯蹇，顛沛遇災患。古人達機兆，策馬遊近關。咨余沖且暗，抱責守微官。潛圖密已構，成此禍福端。恢恢六合間，四海一何寬。天網布紘綱，投足不獲安。松柏隆冬悴，然後知歲寒。不涉太行險，誰知斯路難。真偽因事顯，人情難豫觀。窮達有定分，慷慨復何歎。上負慈母恩，痛酷摧心肝。下顧所憐女，惻惻心中酸。二子棄若遺，念皆遘凶殘。不惜一身死，惟此如循環。執紙五情塞，揮筆涕汍瀾。

應瑒　別詩（二首選一）

朝雲浮四海，日暮歸故山。行役懷舊土，悲思不能言。悠悠涉千里，未知何時旋。

嵇含　悅晴詩

勁風歸巽林，玄雲起重基。朝霞炙瓊樹，夕影映玉枝。翔鳳晞輕翮，應龍曝纖鬐。百穀偃而立，大木顛復持。

阮侃　答嵇康詩二首之一

旦發溫泉廬，夕宿宣陽城。顧眄懷惆悵，言思我友生。會遇一何幸，及子遘歡情，交際雖未久，思愛發中誠，良玉須切磋，璵璠就其形。隋珠豈不曜，雕瑩啟光榮。與子猶蘭石，堅芳互相成。庶幾弘古道，〈伐檀〉俟河清。不謂中離別，飄飄然遠征。臨輿執手訣，良誨一何精。佳言盈我耳，援帶以自銘。唐虞曠千載，三代不我並。洙泗久已往，微言誰為聽。曾參易簀斃，仲由結其纓。晉楚安足慕，屢空守以貞。潛龍尚泥蟠，神龜隱其靈。庶保吾子言，養真以全生。東野多所患，暫往不久停。幸子無損思，逍遙以自寧。

嵇紹　贈石季倫詩

人生稟五常，中和為至德。嗜欲雖不同，伐生所不識。仁者安其身，不為外物惑。事故誠多端，未若酒之賊。內以損性命，煩辭傷軌則。屢飲致疲怠，清和自否塞。陽堅敗楚軍，長夜傾宗國。詩書著明戒，量體節飲食。遠希彭聃壽，虛心處沖默。茹芝味醴泉，何為昏酒色。

棗據　雜詩

吳寇未殄滅，亂象侵邊疆。天子命上宰，作藩於漢陽。開國建元士，玉帛聘賢良。予非荊山璞，謬登和氏場。羊質服虎文，燕翼假鳳翔。既懼非所任，怨彼南路長。千里既悠邈，路次限關梁。僕夫罷遠涉，車馬困山岡。深谷下無底，高巖暨穹蒼。豐草停滋潤，霧露沾衣裳。玄林結陰氣，不風自寒涼。顧瞻情感切，惻愴心哀傷。士生則懸弧，有事在四方。安得恆逍遙，端坐守閨房。引義割外情，內感實難忘。

晉中書張載　晉司隸傅玄　晉太僕傅咸　魏侍中繆襲　晉散騎常侍夏侯湛

【題　解】張載（生卒年不詳），字孟陽，安平（今屬河北省）人。始為著作佐郎，轉太子中舍人，遷樂安相、弘農太守。官至中書侍郎，復領著作。後避世亂，無復進取。張載與其弟張協、張亢以文學著名，時稱「三張」。原有集，已佚。明人輯有《張孟陽景陽集》。

傅玄（西元二一七～二七八年），字休奕，北地泥陽（今陝西耀縣）人。少孤貧苦學，舉州秀才，任郎中。後遷弘農太守、散騎常侍。累遷至太僕、司隸校尉，卒諡剛。其詩多為樂府體，質樸剛健。雜詩則委婉清巧。原有集，已佚，明人輯有《傅鶉觚集》。

傅咸（西元二三八～二九四年），字長虞，傅玄之子。武帝時為尚書右丞。惠帝即位，轉太子中庶子，遷御史中丞，官至司隸校尉。原有集，已佚。明人輯有《傅中丞集》。

繆襲（西元一八六～二四五年），字熙伯，東海蘭陵（今山東蒼山蘭陵鎮）人。歷事魏四世，官至尚書光祿勳。原有集，已佚。今存詩〈魏鼓吹曲〉十二首，〈挽歌〉三首。

夏侯湛（西元二四三～二九一年），字孝若，譙國譙（今安徽亳縣）人。幼有文才，泰始中，舉賢良，拜郎中，累遷至太子僕。惠帝即位，任散騎常侍。原有集，已佚。明人輯有《夏侯常侍集》，然其中無五言詩。

孟陽詩，乃遠慚厥弟❶，而近超❷兩傅。長虞父子，繁富❸可嘉。孝沖❹雖曰後進，見重安仁❺。熙伯〈挽歌〉❻，唯以造哀❼耳。

【章　旨】此條評魏晉五詩人。

【注　釋】❶遠慚厥弟　遠遠低於其弟。其弟指張協。許學夷《詩源辨體》卷五：「張孟陽五言，篇什不多，體雖未入俳偶，語雖未見雕刻，然氣格不及太沖，詞彩遠慚厥弟。太康諸子，載獨居下。」而劉勰《文心雕龍・才略》云：「孟陽、景陽才綺而相埒，可謂魯衛之政，兄弟之文也。」與此說相背。陳延傑《詩品注》亦謂「孟陽〈七哀〉，亦何慚厥弟耶？」❷近超　略超過。❸繁富　用詞繁密富麗。❹孝沖　應作「孝若」，夏侯湛字。❺見重安仁　被潘岳看重。《世說新語・文學》：「夏侯湛作〈周詩〉成，示潘安仁。安仁曰：『此非徒溫雅，乃別見孝悌之性。』」❻挽歌　哀悼之詞。《文選》卷二八收錄繆襲〈挽歌〉。何焯《義門讀書記》卷四七：「繆熙伯〈挽歌〉詩，詞極峭促，亦淡以悲。」❼造哀　虛構哀情。何焯《義門讀書記》卷四七引《風俗通義》記漢末時，「京師賓婚嘉會，皆作魁儡，酒酣之後，續以挽歌。」可見當時的挽歌，未必真有死喪之事，可以為了創作而虛構。

【語　譯】張載的詩，遠不如他的弟弟，但又略勝傅玄、傅咸父子。傅咸父子文辭繁密富麗，值得表彰。夏侯湛雖說是後起之士，卻被潘岳看重。繆襲的〈挽歌〉，只是虛構哀傷之情而已。

【附　錄】

張載　七哀詩（選一首）

北邙何壘壘，高陵有四五。借問誰家墳，皆云漢世主。恭文遙相望，原陵鬱膴膴。季世喪亂起，賊盜如豺虎。毀壞過一抔，便房啟幽戶。珠柙離玉體，珍寶見剽虜。園寢化為墟，周墉無遺堵。蒙蘢荊棘生，蹊徑登童豎。狐兔窟其中，蕪穢不復掃。頹隴並墾發，萌隸營農圃。昔為萬乘君，今為丘山土。感彼雍門言，悽愴哀今古。

傅玄　雜詩（選一首）

志士惜日短，愁人知夜長。攝衣步前庭，仰觀南雁翔。玄景隨形運，流響歸空房。清風何飄颻，微月出西方。繁星依青天，列宿自成行。蟬鳴高樹間，野鳥號東廂。纖雲時髣髴，渥露沾我裳。良時無停景，北斗忽低昂。常恐寒節至，凝氣結為霜。落葉隨風摧，一絕如流光。

傅咸　贈何劭王濟詩并序

朗陵公何敬祖，咸之從內兄。國子祭酒王武子，咸從姑之外孫也。並以明德見重於世。咸親之重之，情猶同生，義則師友。何公既登侍中，武子俄而亦作，二賢相得甚歡，咸亦慶之。然自限闇劣，雖願其繾綣，而從之末由。歷試無效，且有家艱，賦詩申懷，以貽之云爾。

日月光太清，列宿曜紫微。赫赫大晉朝，明明闢皇闈。吾兄既鳳翔，王子亦龍飛。雙鸞遊蘭渚，二離揚清暉。攜手升玉階，並坐侍丹帷。金璫綴惠文，煌煌發令姿。斯榮非攸庶，繾綣情所希。豈不企高蹤，麟趾邈難追。臨川靡芳餌，何為守空坻。槁葉待風飄，逝將與君違。違君能無戀，尸素當言歸。歸身蓬華廬，樂道以忘飢。進則無云補，退則恤其私。但願隆弘美，王度日清夷。

繆襲　挽歌詩

生時遊國都，死沒棄中野。朝發高堂上，暮宿黃泉下。白日入虞淵，懸車息駟馬。造化雖神明，安能復存我。形容稍歇滅，齒髮行當墮。自古皆有然，誰能離此者。

晉驃騎王濟　晉征南將軍杜預　晉廷尉孫綽
晉徵士許詢

【題解】王濟（生卒年不詳），字武子，太原晉陽（今山西太原）人，武帝時尚常山公主。起家中書郎，遷侍中，終於太僕。原有集，已佚。今存五言詩僅〈答何劭詩〉一首，殘。

杜預（西元二二二～二八四年），字元凱，京兆杜陵（今陝西西安東南）人。博學多聞。魏時，始為尚書郎。入晉，遷升至鎮南大將軍。太康元年（西元二八〇年），杜預率兵滅吳，封當陽縣侯。卒贈征南大將軍。原有集，已佚，詩皆不傳。明人輯有《杜征南集》。

孫綽（西元三一四～三七一年），字興公，太原中都（今陝西平遙西北）人。愛隱居，與許詢友善。始任著作佐郎，後為征西將軍參軍、太學博士等，轉為永嘉太守。稍遷廷尉卿。綽是當時名士，是玄言詩的代表。原有集，已佚。明人輯有《孫廷尉集》。現存五言詩六首。

許詢（生卒年不詳），字玄度，高陽北新城（今河北徐水）人。有才，善為文。始召為司徒掾，不就，隱居永興（今浙江蕭山），早卒。與孫綽同為東晉玄言詩代表。原有集，已佚。現存五言詩四首，僅一篇完整。

永嘉❶以來，清虛❷在俗。王武子輩詩，貴道家之言。爰洎江表❸，玄風尚備❹。真長❺、仲祖❻、桓❼、庾❽諸公猶相襲。世稱孫、許❾，彌善恬淡之詞。

【章　旨】此條評玄言詩時代的四位詩人：王濟、杜預、孫綽、許詢，他們的詩作都沾染玄風。

【注　釋】❶永嘉　西晉懷帝年號，西元三〇七至三一三年。❷清虛　清談虛議。〈詩品序〉：「永嘉時，貴黃、老，尚虛談。」❸爰洎江表　到了東晉。爰洎，及至；到了。江表，江外；江左。這裏指東晉。❹玄風尚備　《文心雕龍・明詩》：「江左篇製，溺乎玄風，嗤笑徇務之志，崇盛亡機之談，袁、孫已下，雖各有雕采，而辭趣一揆，莫與爭雄。」❺真長　劉惔，字真長，歷司徒左長史、丹陽尹，善清談，為政務鎮靜。❻仲祖　王濛，字仲祖，放逸不群，風流雅正，外絕榮競，內寡私欲，辟司徒掾、中書郎。❼桓　桓溫，東晉權臣，譙國龍亢（今安徽懷遠）人，曾任荊州刺史、大司馬。❽庾　庾亮，東晉權臣，善談論。歷仕元、明、成三帝，任中書令、征西將軍等。❾世稱孫許　《世說新語・品藻》：「支道林問孫興公：『君何如許掾？』孫曰：『高情遠致，弟子早已服膺；一吟一詠，許將北面。』」

【語　譯】自永嘉以來，清議虛談成為習俗。王濟等人的詩，都崇尚道家的思想。到了東晉，玄談之風還是很盛。劉惔、王濛、桓溫、庾亮等人仍舊沿襲這一風尚。當時人並稱的孫綽、許詢二人，更善於作淡泊清虛一類的詩。

【附　錄】

王濟　答何劭詩（殘）

計終收遐致，發軔將先起。

孫綽　秋日

蕭瑟仲秋日，飆唳風雲高。山居感時變，遠客興長謠。疎林積涼風，虛岫結凝霄。湛露灑庭林，密葉辭榮條。撫菌悲先落，鬱松羨後凋。垂綸在林野，交情遠市朝。澹然古懷心，濠上豈伊遙。

許詢　竹扇詩

良工眇芳林，妙思觸物騁。篾疑秋蟬翼，團取望舒景。

晉徵士戴逵

【題解】戴逵（西元？～三九五年），字安道，譙國銍（今安徽宿縣）人，好鼓琴，善屬文，性恬和快暢，樂遊宴，多與高門風流者遊，有高尚之稱。後徙居會稽之剡縣，累徵不就，病卒。原有集，已佚。詩今不存。其子顒，亦隱逸不仕，著《逍遙論》、《中庸注》，詩作佚。

安道詩雖嫩弱❶，有清上❷之句。裁長補短，袁彥伯❸之亞乎？逵子顒，亦有一時之譽。

【章旨】此條評戴逵詩，兼及其子戴顒。

【注釋】❶安道詩雖嫩弱　此下六句各本均脫，陳延傑《詩品注》按其藏明抄本《詩品》及黃丕烈《士禮居藏書題跋記再續》引《吟窗雜錄》補。❷清上　清新雋雅。一本作「清工」。❸袁彥伯　袁宏，見《詩品》中品。

【語譯】戴逵的詩雖然稚嫩柔弱，但詩中有清新雋秀之句。取其長、補其短，是屬於袁宏那一類吧！戴逵的兒子戴顒，在當時也有聲名。

晉東陽太守殷仲文

【題解】殷仲文（西元？～四〇七年），字仲文，陳郡長平（今河南西華）人。始為驃騎行參軍，俄轉咨議參軍，後為征虜長史。桓玄舉兵謀權，使仲文總領詔命，任侍中，領左衛將軍。玄敗，歸朝，任鎮軍長史，轉尚書，後貶東陽太守。因謀反，為劉裕構殺。善屬文，原有集，已佚。現存五言詩三首，其一已殘。

晉、宋之際，殆無詩乎❶。義熙❷中，以謝益壽、殷仲文為華綺之冠❸，殷不競❹矣。

【章旨】此條評殷仲文詩，附及謝混。

【注釋】❶殆無詩乎　《南齊書・文學傳論》：「仲文玄氣，猶不盡除，謝混清新，得名未盛。」陶淵明亦不見重於當時，故曰幾無詩歌。❷義熙　東晉安帝年號，西元四〇五至四一八年。❸以謝益壽殷仲文為華綺之冠　以謝混、殷仲文為最講究詞采華麗的詩人。謝益壽，謝混，字叔源，小字益壽。當時人常以謝、殷二人並稱，如沈約《宋書・謝靈運傳論》、劉勰《文心雕龍・才略》。❹殷不競　殷仲文不是競爭對手。〈詩品序〉稱「逮義熙中，謝益壽斐然繼作」，不提殷仲文，亦寓此意。

【語　譯】晉、宋之際，大概沒有什麼詩歌吧。義熙年間，要推謝混和殷仲文是最講究華麗綺靡的詩人，但殷仲文還比不上謝混。

【附　錄】

南州桓公九井作詩

四運雖鱗次，理化各有準。獨有清秋日，能使高興盡。景氣多明遠，風物自淒緊。爽籟驚幽律，哀壑叩虛牝。歲寒無早秀，浮榮甘夙隕。何以標貞脆，薄言寄松菌。哲匠感蕭晨，肅此塵外軫。廣筵散汎愛，逸爵紆勝引。伊余樂好仁，惑祛吝亦泯。猥首阿衡朝，將貽匈奴哂。

宋尚書令傅亮

【題　解】傅亮（西元三七四～四二六年），字季友，北地靈州（今寧夏靈武）人。晉末為建威將軍，累遷黃門侍郎。入宋，累遷尚書令。後與徐羨之等共廢少帝，迎立文帝，加左光祿大夫、開府儀同三司，進爵始興郡公。元嘉三年被誅。博涉經史，善文辭，原有集，已佚。明人輯有《傅光祿集》。今存五言詩二首。

季友文❶，余常❷忽而不察。今沈特進撰詩❸，載其數首，亦復平美❹。

【章　旨】本條評傅亮詩，許其平美。

【注　釋】❶文　此指詩作。❷常　通「嘗」。曾經。❸沈特進撰詩　沈約編撰詩選。沈約在梁朝加特進，故稱。《隋書・經籍志》載沈約編撰《集鈔》十卷，或即指此書。撰，《格致叢書》本作「選」。❹美　津逮祕書本作「矣」。

【語　譯】傅亮的詩，我曾經忽略而沒有加以注意。現在沈約編的詩鈔中，特別收載了他的幾首詩，也還稱得上平實美好。

【附　錄】

奉迎大駕道路賦詩

夙櫂發皇邑，有人祖我舟。餞離不以幣，贈言重琳球。知止道攸貴，懷祿義所尤。四牡倦長路，君轡可以收。張邴結晨軌，疏董頓夕輈。東隅誠已謝，西景逝不留。性命安可圖，懷此作前修。敷衽銘篤誨，引帶佩嘉謀。迷寵非予志，厚德良未酬。撫躬愧疲朽，三省慚爵浮。重明照蓬艾，萬品同率由。忠誥豈假知，式微發直謳。

宋記室何長瑜　羊曜璠

【題　解】何長瑜（西元？～四四三年），東海剡（今山東剡城）人，初為謝方明所致，教子惠連，與靈運、荀雍、羊璿之，共為山澤之遊，時人謂之「四友」。後為臨川王義慶記室參軍。元嘉二十年（西元四四三年），盧陵王紹鎮尋陽，以長瑜為南中郎行參軍，掌書記之任，途中遇暴風而死。原有集，已佚。現存詩二首。

羊曜璠（西元？～四五九年），名璿之，泰山（今山東泰安）人。為臨川內史，與靈運等號稱「四友」。後因竟陵王誕事坐誅。無詩傳世。

「才難」❶，信❷矣。以康樂與羊、何若此❸，而二人之辭，殆不足奇。

【章　旨】此條評何長瑜、羊曜璠之詩。

【注　釋】❶才難　詩才難得。語出《論語・泰伯》：「才難，不其然乎？」此下五句二十一字，原本缺，據《吟窗雜錄》本補。❷信　的確；確實。❸以康樂與羊何若此　就憑謝靈運這麼讚賞羊、何二人。康樂，謝靈運。與，讚許。《宋書・謝靈運傳》：「靈運與族弟惠連、東海何長瑜、潁川荀雍、太山羊璿之，以文章賞會，共為山澤之遊，時人謂之『四友』。靈運自始寧至會稽，時長瑜教惠連讀書，亦在郡內。靈運又以為絕倫，謂方明曰：『何長瑜當今仲宣，而給之下客之食。尊既不能禮賢，宜以長瑜換靈運。』載之而去。」

【語　譯】詩才難得，確實如此。憑謝靈運如此讚許羊曜璠、何長瑜，但兩人的詩作，基本上沒什麼令人驚奇的。

【附　錄】

何長瑜　離合詩

宜然悅今會，且怨明晨別。肴蔌不能甘，有難不可雪。

宋詹事范曄

【題解】范曄（西元三九八～四四五年），字蔚宗，順陽山陰（今河南淅川東）人。少好學，善為文章。晉安帝時，曾為劉裕相國掾。入宋，累遷尚書吏部郎。元嘉中，累遷左衛将軍、太子詹事。後因助謀立彭城王劉義康為帝，遭誅。著有《後漢書》。原有集，已佚，現存五言詩二首。

蔚宗詩❶，乃不稱其才，亦為鮮舉矣。

【章旨】此條評范曄詩不稱其才。

【注釋】❶蔚宗詩　此三字據《吟窗雜錄》本補。

【語譯】范曄的詩，竟然與他的才華不能相稱，也是少有的事。

【附錄】

臨終詩

禍福本無兆，性命歸有極。必至定前期，誰能延一息。在生已可知，來緣慬無識。好醜共一丘，何足異枉直。豈論東陵上，寧辨首山側。雖無嵇生琴，庶同夏侯色。寄言生存子，此路行復即。

宋孝武帝　宋南平王鑠　宋建平王宏

【題解】宋孝武帝劉駿（西元四三〇～四六四年），字休龍，彭城（今江蘇徐州）人，宋文帝第三子，封武陵王。太子劭弒逆，舉兵誅劭，遂即帝位。在位十一年。頗有文才，愛尚文學。原有集，已佚。今存五言詩二十五首。

宋南平王劉鑠（西元四三一～四五三年），字休玄，彭城（今江蘇徐州）人，宋文帝第四子。元嘉十六年（西元四三九年）封南平王。孝武平亂，進為司空，後為孝武帝毒殺，年二十三。有文才，〈擬古〉三十餘首，為時人讚賞。原有集，已佚。今存詩十首，五言詩九首。

宋建平王劉宏（西元四三四～四五八年），字休度，彭城（今江蘇徐州）人，宋文帝第七子。封建平王。《宋書》本傳稱其「少而閑素，篤好文籍」。詩今不存。

孝武詩，雕文織綵❶，過為精密。為二藩❷希慕❸，見稱輕巧矣。

【章旨】此條評三位劉宋王室詩人：孝武帝劉駿、南平王劉鑠、建平王劉宏。

【注釋】❶雕文織綵　文詞雕飾，色彩繁麗。《南史・王儉傳》：「先是，宋孝武帝好文章，天下悉以文采相尚，莫以專經為業。」❷二藩　指南平王劉鑠、建平王劉宏。藩，藩王；諸侯王。❸希慕　仰慕。

【語譯】孝武帝劉駿的詩，文詞雕飾，猶如織彩錦般繁麗，過分精密。這種詩風受南平王劉鑠、建平王劉宏的仰慕，被稱為輕細纖巧。

【附　錄】

宋孝武帝　遊覆舟山詩

束髮好怡衍，弱冠頗流薄。素想終勿傾，聿來果丘壑。層峰亙天維，曠渚綿地絡。逢皋列神苑，遭壇樹仙閣。松墱含青暉，荷源煜彤爍。川界泳遊鱗，巖庭響鳴鶴。

宋南平王鑠　七夕詠牛女詩

秋動清風扇，火移炎氣歇。廣簷含夜陰，高軒通夕月。安步巡芳林，傾望極雲闕。組幕縈漢陳，龍駕凌霄發。誰云長河遙，頗劇促筵越。沉情未申寫，飛光已飄忽。來對眇難期，今歡自茲沒。

宋南平王鑠　擬行行重行行詩

眇眇陵長道，遙遙行遠之。迴車背京里，揮手從此辭。堂上流塵生，庭中綠草滋。寒螀翔水曲，秋兔依山基。芳年有華月，佳人無還期。日夕涼風起，對酒長相思。悲發江南調，憂委子衿詩。臥看明鐙晦，坐見輕紈緇。淚容不可飾，幽鏡難復治。願垂薄暮景，照妾桑榆時。

宋光祿謝莊

【題　解】謝莊（西元四二一～四六六年），字希逸，陳郡陽夏（今河南太康）人。元嘉二十九年（西元四五二年），任太子中庶子。明帝時，官至金紫光祿大夫。諡憲子。其詩清雅飄逸。原有集，已佚。明人輯有《謝光祿集》。今存五言詩十二首。清人王士禎以為謝莊應置於中品（《漁洋詩話》卷下）。

希逸詩，氣候清雅❶，不逮於王、袁❷。然興屬❸閒長❹，良無鄙促也。

【章　旨】本條評劉宋詩人謝莊，指出其長處與短處。

【注　釋】❶氣候清雅　風格清新優雅。❷王袁　王微、袁淑。二人列《詩品》中品，在同一條。「王」或作「范」，則指范曄。❸興屬　興致；意興。❹閒長　悠長。

【語　譯】謝莊的詩風格清新優雅，只是不及王微、袁淑。但他的詩意興悠長，確實一點也不粗鄙局促。

【附錄】

遊豫章西觀洪崖井詩

幽願平生積，野好歲月彌。捨簪神區外，整褐靈鄉垂。林遠炎天隔，山深白日虧。遊陰騰鵠嶺，飛清起鳳池。隱曖松霞被，容與澗煙移。將遂丘中性，結駕終在斯。

宋御史蘇寶生　宋中書令史陵修之　宋典祠令任曇緒　宋越騎戴法興

【題　解】蘇寶生（西元?～四五八年），字寶，出身寒門，有文義之美。宋元嘉中為國子學《毛詩》助教，官至南臺侍御史、江寧令。坐知高闍反而不告，被誅。原有集，已佚。詩亦不傳。

陵修之、任曇緒二人，名不見於《宋書》、《南史》，生平不詳。《南齊書・沈文季傳》有諸暨令陵琚之，當是陵修之同族。

戴法興（西元四一四～四六五年），山陰（今浙江紹興）人，為南臺侍御史。宋廢帝即位，遷越騎校尉。道路相傳謂法興為真天子，帝怒，免其官，於其家賜死。能為文章，頗行於世。原有集，已佚。詩不傳。

蘇、陵、任、戴，並著篇章，亦為搢紳❶之所嗟詠。人非文是，愈有可嘉焉❷。

【章　旨】本條評四位品第不稱其文才的詩人：蘇寶生、陵修之、任曇緒、戴法興，指出不要因人廢言。

【注　釋】❶搢紳　士大夫。本意為插笏於紳（大帶）之間，因為古代仕宦的人都要垂紳搢笏，故稱士大夫為搢紳。❷人非文是二句　或本作「人非文才是愈甚可嘉焉。」許文雨《鍾嶸詩品講疏》斷句作「人非，文才是，愈甚可嘉焉。」人非文是，是說人品不好，而詩文有可取之處。蘇寶生、戴法興二人為寒門、恩倖之流，以罪被誅。陵修之、任曇緒二人殆亦同類。嘉，讚美。

【語　譯】蘇寶生、陵修之、任曇緒、戴法興，都寫有詩篇，也曾被王公貴族們所讚嘆吟誦。他們的人品不好，可是詩文都有可取之處，更有值得讚許的地方。

宋監典事區惠恭

【題　解】區惠恭是胡族詩人，其名僅見於《詩品》，事跡不詳。

惠恭本胡人，為顏師伯幹❶。顏為詩筆❷，輒偷定之。後造〈獨樂賦〉❸，語侵給主❹，被斥。及大將軍❺修北第❻，差充作長❼。時謝惠連兼記室參軍❽，惠恭時往共安陵❾嘲調❿。末作〈雙枕詩〉⓫以示謝；謝曰：「君誠能，恐人未重，且可以為謝法曹造，遺⓬大將軍。」見之賞嘆，以錦二端⓭賜謝。謝辭曰：「此詩，公作長所製，請以錦賜之。」

【章　旨】本條記胡族詩人區惠恭軼事。

【注　釋】❶顏師伯幹　顏師伯的幹吏。顏師伯字長淵，顏延之的族子，為謝晦領軍司馬，官至左僕射。幹，幹吏；辦事員。❷詩筆　指詩和散文。六朝人以詩、筆對舉，筆指無韻之文。❸造獨樂賦　寫作〈獨樂賦〉。此賦佚而不傳。❹語侵給主　言語冒犯了主人。給，及。主，服事的主人。❺大將軍　彭城王劉義康，宋武帝子，元嘉十六年（西元四三九年）進位大將軍。❻第　第宅。❼作長　工長。❽時謝惠連兼記室參軍　元嘉七年，謝惠連為彭城王法曹參軍，故下文又稱「謝法曹」。❾安陵　許文雨《鍾嶸詩品講疏》：「『安陵』疑用戰國時安陵君典，指當時所謂『繁華子』也。」按：安陵君為戰國時楚共王寵臣，因封於安陵，故稱安陵君。阮籍〈詠懷詩〉之四：「昔日繁華子，安陵與龍陽。」❿嘲調　嘲謔調笑。⓫雙枕詩　今佚不傳。⓬遺　送給。⓭端　布帛的長度單位，兩丈為一端，一說六丈為一端。

【語　譯】惠恭本來是胡人，在顏師伯手下當幹吏。顏師伯作詩寫文章，他常常偷偷再加以修改。後來寫〈獨樂賦〉，有些語句觸犯了他的主人，受到斥責。到大將軍彭城王劉義康修北邊府第的時候，派他當了工長。當時謝惠連兼任彭城王法曹參軍，惠恭常常去他那兒跟一些貴族子弟一起戲謔調笑。末了，他寫了一篇〈雙枕詩〉給謝惠連看；謝惠連說：「你確有才能，但恐怕人們不會器重你，姑且就聲稱是謝法曹寫的，送去給大將軍看。」劉義康見了大加讚賞，拿了兩端錦緞賜給謝惠連。謝惠連推辭說：「這首詩，是您的工長所作，請您將錦緞賜與他吧。」

宋惠休上人　宋道猷上人　齊釋寶月

【題解】惠休上人（生卒年不詳），本姓湯，字茂遠，善屬文。宋孝武帝命其還俗，官至揚州從事史。原有集，已佚。今存五言詩五首。

道猷（生卒年不詳），當即帛道猷。據《高僧傳》卷五〈道壹傳〉，帛本姓馮，晉時山陰人，居若邪山，少以篇牘著稱，性率素，好丘壑，一吟一詠，有濠上之風。一說道猷上人，生公弟子。宋孝武帝敕任京師新安寺，為鎮寺法主。宋元徽中卒，年七十一。

釋寶月（生卒年不詳），本姓康，齊武帝時人，善解音律。今存五言詩四首。

惠休淫靡❶，情過其才。世遂匹❷之鮑照❸，恐商周❹矣。羊曜璠❺云：「是顏公忌鮑之文，故立休、鮑之論❻。」康、帛二胡❼，亦有清句。〈行路難〉❽是東陽❾柴廓❿所造。寶月嘗憩其家，會⓫廓亡，因竊而有之。廓子齎手本出都⓬，欲訟此事，乃厚賂止之。

【章旨】本條評三位釋氏詩人：惠休、道猷、寶月。

【注　釋】❶惠休淫靡　《宋書・徐湛之傳》：「沙門釋惠休，善屬文，辭采綺豔。」❷匹　比擬。❸鮑照　見《詩品》中品。❹商周　不是對手。《左傳・桓公十一年》：「師克在和，不在眾，商周之不敵，君之所聞也。」後用商敵不過周比喻非勢均力敵。❺羊曜璠　見《詩品》下品。❻顏公忌鮑之文二句　顏公，顏延之。《南史・顏延之傳》云：「延之嘗問鮑照己與靈運優劣，照曰：『謝五言如初發芙蓉，自然可愛。君詩若鋪錦列繡，亦雕繢滿眼。』延之每薄湯惠休詩，謂人曰：『惠休製作，委巷中歌謠耳，方當誤後生。』」延之既忌鮑照之文，又鄙惠休之製，故「立休、鮑之論」。❼康帛二胡　康寶月、帛道猷兩個胡人。「康、帛」原作「庾、白」，蓋以形近而訛。唐權德輿〈送清洨上人詩〉：「佳句已齊康寶月。」白居易〈沃州山禪院記〉：「初有羅漢僧西天竺人帛道猷居焉。」❽行路難　樂府詩，陳徐陵《玉臺新詠》卷九題為寶月作。❾東陽　郡名，治所在今浙江金華。❿柴廓　生平事跡無考。⓫會　正巧；恰好。⓬齎手本出都　帶著狀詞到了京城。齎，持；攜帶。手本，狀詞；訴訟狀。

【語　譯】湯惠休的詩綺麗輕靡，情思多於才華。世人將他與鮑照相比，恐怕就如同商不敵周一樣，不是對手。羊曜璠說：「這是顏延之嫉妒鮑照的作品，故意提出休、鮑相似的說法。」康寶月、帛道猷二位胡僧，也有清新的詩句。〈行路難〉是東陽的柴廓寫的。寶月曾在他家休息過，正巧柴廓去世，就偷偷將柴廓的詩佔為己有。柴廓的兒子帶著訴訟狀去到都城，準備就此事打官司，寶月送上一份厚禮，制止了他。

【附　錄】

湯惠休　怨詩行

明月照高樓，含君千里光。巷中情思滿，斷絕孤妾腸。悲風盪帷帳，瑤翠坐自傷。妾心依天末，思與浮雲長。嘯歌視秋草，幽葉豈再揚。暮蘭不待歲，離華能幾芳。願作張女引，流悲繞君堂。君堂嚴且祕，絕調徒飛揚。

帛道猷　陵峰採藥觸興為詩

連峰數千里，修林帶平津。雲過遠山翳，風至梗荒榛。茅茨隱不見，雞鳴知有人。閒步踐其徑，處處見遺薪。始知百代下，故有上皇民。

釋寶月　估客樂二首

郎作十里行，儂作九里送。拔儂頭上釵，與郎資路用。

有信數寄書，無信心相憶。莫作瓶落井，一去無消息。

齊高帝　宋征北將軍張永　齊太尉王文憲

【題　解】齊高帝蕭道成（西元四二七～四八二年），字紹伯，南蘭陵（今江蘇常州西北）人，初仕宋，累封齊王，後廢宋自立，西元四七九至四八二年在位。今存詩二首。

張永（西元四一〇～四七五年），字景雲，吳郡吳（今江蘇蘇州）人，仕宋，初為郡主簿、州從事，補餘姚令，入為尚書中兵郎。元徽二年（西元四七四年），遷使持節都督南兗徐青冀益五州諸軍事、征北將軍、南兗州刺史。永涉獵書史，能為文章，原有集，已佚。無詩留存。

王文憲即王儉（西元四五二～四八九年），字仲寶，琅邪臨沂（今屬山東省）人。齊武帝時，任侍中、尚書令、鎮軍將軍等職。後改領中書監，參掌選事。卒贈太尉，謚文憲。原有集，已佚。明人輯有《王文憲集》。現存五言詩五首。

齊高帝詩，詞藻意深❶，無所云少。張景雲雖謝文體❷，頗有古意。至如王師文憲❸，既經國圖遠❹，或忽是雕蟲❺。

【章　旨】本條所評三位詩人齊高帝蕭道成、張永、王儉，雖然作品無多，但各有特點。

【注　釋】❶意深　《南史・荀伯玉傳》：「齊高帝鎮淮陰，……為宋明帝所疑，被徵為黃門郎，深懷憂慮，見平澤有群鶴，仍命筆詠之……以示伯玉深指。」按：〈群鶴詠〉詩意頗深。❷謝文體　短於詩歌之體裁。謝，短。❸王師文憲　王儉。《南史・鍾嶸傳》：「嶸，齊永明中為國子生，……衛將軍王儉領祭酒，頗賞接之。」故本書稱王儉為師、為王文憲，獨不稱名。❹經國圖遠　經邦治國，籌劃宏圖。《南齊書・王儉傳》：「儉寡嗜欲，唯以經國為務。」許文雨《鍾嶸詩品講疏》引《韻語陽秋》卷六曰：「王儉少年以宰相自命，嘗有詩云：『稷契匡虞夏，伊呂翼商周。』（〈春日家園詩〉）又字其子曰元成，仍取作相之義。」此亦王儉志在經國圖遠之證。❺忽是雕蟲　不重視作詩這種雕蟲小技。忽，忽視。雕蟲，語出漢揚雄《法言・吾子》：「或問：『吾子少而好賦？』曰：『然。童子雕蟲篆刻。』俄而曰：『壯夫不為也。』」後以雕蟲喻小技、末道。這裏指作詩。

【語　譯】齊高帝蕭道成的詩，文詞藻麗，寓意深微，量少也不足為病。張永的詩雖然不大講究文體，卻頗有古詩之意味。至於王老師文憲公，既然致力於治國安邦籌劃宏圖，或許就對作詩這類雕蟲小技不大在意了。

【附　錄】

蕭道成　群鶴詠

八風儛遙翮，九野弄清音。一摧雲間志，為君苑中禽。

王儉　春日家園詩

徙倚未云暮，陽光忽已收。羲和無停晷，壯士豈淹留。冉冉老將至，功名竟不脩。稷契匡虞夏，伊呂翼商周。撫躬謝先哲，解紱歸山丘。

齊黃門謝超宗　齊潯陽太守丘靈鞠　齊給事中郎劉祥
齊司徒長史檀超　齊正員郎鍾憲　齊諸暨令顏測
齊秀才顧則心

【題　解】謝超宗（西元?～四八三年），陳郡陽夏（今河南太康）人，謝靈運孫。好學，有文辭，解褐奉朝請，齊太祖即位，轉黃門郎。今存郊廟歌辭若干篇，無五言詩傳世。

丘靈鞠（生卒年不詳），吳興烏程（今浙江吳興）人。累遷員外郎，後除太尉參軍。永明二年（西元四八四年），領驍騎將軍。今存詩斷句二。

劉祥（生卒年不詳），字顯徵，東莞莒（今屬山東省）人。解褐為巴陵王征西行參軍，除正員外。詩今不傳。

檀超（西元?～四八〇年），字悅祖，高平金鄉（今屬山東省）人。少好文學，解褐州西曹，後為司徒右長史。詩今不傳。

鍾憲（生卒年不詳），鍾嶸的從祖，潁川長社（今河南長葛）人。齊正員外郎。今存五言詩一首。

顏測（生卒年不詳），顏延之之子，齊諸暨令，官至江夏王義恭傅、大司徒錄事參軍，早卒。原有集，已佚。今存詩二首皆殘。

顧則心（生卒年不詳），一作顧測，又作顧惻、顧愳，齊秀才，揚州主簿，善《易》學。今存詩一首。

檀、謝七君，並祖襲顏延❶，欣欣不倦❷，得士大夫之雅致乎。余從祖正員❸嘗云：「大明❹、泰始❺中，鮑、休❻美文，殊已動俗。」惟此諸人，傅顏、陸體❼，用固執不移❽；顏諸暨❾最荷家聲。

【章旨】本條評七位南齊詩人：謝超宗、丘靈鞠、劉祥、檀超、鍾憲、顏測、顧則心，他們的共同點是都效仿顏延之的詩風。

【注釋】❶顏延　顏延之，詳見《詩品》中品。❷欣欣不倦　欣然自喜，樂此不倦。❸從祖正員　即鍾憲，官齊正員外郎。❹大明　宋孝武帝年號，西元四五七至四六四年。❺泰始　宋明帝年號，西元四六五至四七一年。❻鮑休　鮑照、湯惠休。❼傅顏陸體　追隨顏延之、陸機的文體。傅，依附；追隨。❽移　原作「如」，據明鈔本《詩品》改。❾顏諸暨　顏測。

【語譯】檀、謝等七位詩人，都效仿顏延之，欣然樂此不倦，有士大夫的高雅情趣。我的叔祖鍾憲曾說過：「大明、泰始年間，鮑照、湯惠休的華麗詩篇，非常大地影響了流俗。」只有這幾個人，追隨學習顏延之和陸機的文體，堅持而不動搖；而顏測最能繼承顏家的聲名。

【附錄】

丘靈鞠　殷貴妃挽歌詩（斷句）

雲橫廣階闇，霜深高殿寒。

鍾憲　登群峰標望海詩

蒼波不可望，望極與天平。往往孤山暎，處處春雲生。差池遠雁沒，颯沓群鳧驚。囂塵及簿領，棄捨出重城。臨川徒可羨，結網庶時營。

顏測　七夕連句詩（殘）

雲扃息遊彩，漢渚起遙光。

顧則心　望廨前水竹詩

蕭蕭叢竹映，澹澹平湖靜。葉倒漣漪文，水漾檀欒影。相思不會面，相望空延頸。遠天去浮雲，長墟斜落景。幽痾與歲積，賞心隨事屏。鄉念一邅迴，白髮生俄頃。

晉參軍毛伯成　宋從事吳邁遠　宋朝請許瑤之

【題解】毛玄（生卒年不詳），字伯成，潁川（今河南禹縣）人，仕至征西行軍參軍（《世說新語・言語》「毛伯成既負其才氣」條劉孝標注引《征西僚屬名》）。《隋書・經籍志》四別集類著錄晉《毛伯成集》一卷，總集類有《毛伯成詩》一卷。集已佚，詩作不存。

吳邁遠（西元？～四七四年），宋江州從事。宋元徽二年（西元四七四年），江州刺史桂陽王劉休範舉兵反叛，邁遠為其草擬書檄，事敗遭族誅。《南史・文學傳》記邁遠「好為篇章，宋明帝聞而召之，及見，曰：『此人連絕之外，無所復有。』邁遠好自誇，而蚩鄙他人，每作詩，得稱意語，輒擲地呼曰：『曹子建（植）何足數哉！』」《隋書・經籍志》四別集類：「宋江州從事《吳邁遠集》一卷，殘缺。梁八卷，亡。」現存五言詩十一首。

許瑤之（生卒年不詳），亦作許瑤，高陽（今河北徐水）人，家在會稽永興（今浙江蕭山），宋建安郡丞，罷職還，以建安綿一斤遺贈孝子郭原平。《玉臺新詠》卷一〇存五言詩三首。

伯成文不全佳，亦多惆悵。吳善於風人答贈❶。許長於短句詠物❷。

湯休❸謂遠云：「我詩可為汝詩父。」以訪謝光祿❹，云：「不然爾，湯可為庶兄❺。」

【章　旨】本條評毛伯成、吳邁遠、許瑤之的詩，指出他們各有偏擅，並記載一段評詩軼事。

【注　釋】❶風人答贈　風人，即風人詩的省略。指具有民歌特色的樂府詩。徐陵《玉臺新詠》錄吳邁遠詩四首，都有贈答之意。❷短句詠物　詠物短詩。如許瑤之的〈詠柟榴枕詩〉。❸湯休　即沙門惠休，《詩品》稱為宋惠休上人，列在下品。❹謝光祿　謝莊，《詩品》列為下品。❺湯可為庶兄　陳延傑《詩品注》：「此謂湯、吳之詩，非若父子有上下之分，乃兄弟行輩耳。」

【語　譯】毛伯成的詩文並不全好，也多有惆悵的情調。吳邁遠善於寫樂府贈答詩。許瑤之長於寫詠物小詩。湯惠休對吳邁遠說：「我的詩可當你的父親。」有人拿這話去問謝莊，謝莊說：「不是這樣的，湯詩可作吳詩的庶出的兄長。」

【附　錄】

吳邁遠　長相思

晨有行路客，依依造門端。人馬風塵色，知從河塞還。時我有同棲，結宦遊邯鄲。將不異客子，分飢復共寒。煩君尺帛書，寸心從此殫。遣妾長憔悴，豈復歌笑顏。簷隱千霜樹，庭枯十載蘭。經春不舉袖，秋落寧復看。一見願道意，君門已九關。虞卿棄相印，擔簦為同歡。閨陰欲早霜，何事空盤桓。

吳邁遠　長別離

生離不可聞，況復長相思。如何與君別，當我盛年時。蕙花每搖蕩，妾心空自持。榮乏草木歡，悴極霜露悲。富貴貌難變，貧賤顏易衰。持此斷君腸，君亦宜自疑。淮陰有逸將，折翮謝翻飛。楚有扛鼎士，出門不得歸。正有隆準公，仗劍入紫微。君才定何如，白日下爭暉。

許瑤之　詠柟榴枕詩

端木生河側，因病遂成妍。朝將雲髻別，夜與蛾眉連。

宋鮑令暉　齊韓蘭英

【題解】鮑令暉（生卒年不詳），東海（今江蘇連雲港東）人，鮑照妹，有才思，能詩，並著有《香茗賦集》。現存詩七首，多為擬古詩，風格清勁巧麗。

韓蘭英（生卒年不詳），吳郡（今江蘇蘇州）人。善為文章。宋孝武帝時，因獻〈中興賦〉，被賞入宮。明帝時，用為宮中職僚。齊武帝時，任為博士，教六宮書學。以其年老多識，呼為「韓公」。其集已佚，其詩風格綺密，現存詩一首。

令暉歌詩，往往嶄絕❶清巧。擬古尤勝，唯〈百願〉❷淫矣。照嘗答孝武❸云：「臣妹才自亞於左芬❹，臣才不及太沖❺爾。」蘭英綺密，甚有名篇，又善談笑。齊武❻謂韓云：「借使❼二媛❽生於上葉❾，則玉階之賦❿，紈素之辭⓫，未詎⓬多⓭也。」

【章旨】此條合評兩位女詩人：鮑令暉、韓蘭英，評價甚高。

【注釋】❶嶄絕　山崖險峻。這裏指奇險、與眾不同。❷百願　鮑令暉所作詩題，疑是類比陶淵明〈閑情賦〉

中抒發旖旎之思、豔麗之想的「十願」而加以擴展的詩作，今佚。此句明抄本《詩品》作「唯百韻淫雜矣」。❸孝武　宋孝武帝，名劉駿，西元四五四至四六四年在位。❹亞於左芬　與左芬相當。亞，相當；匹敵。左芬，左思的妹妹，頗有文才，為晉武帝貴嬪。❺太沖　左思，字太沖。❻齊武　齊武帝，名蕭賾，西元四八三至四九四年在位。❼借使　假使。❽媛　美麗賢淑的女子。❾上葉　前代；上世。❿玉階之賦　漢代班婕妤退處東宮所作〈自傷賦〉中有「華殿塵兮玉階菭」之句，「玉階之賦」即指此賦。⓫紈素之辭　舊題班婕妤〈怨歌行〉中有「新裂齊紈素」之句，「紈素之辭」即指此詩。⓬未詎　未足；不足。⓭多　稱美。

【語　譯】鮑令暉的詩篇，往往奇險異常，清新巧麗，她的擬古詩尤其突出，只有〈百願詩〉是淫靡的。鮑照曾經回答宋孝武帝說：「我妹妹的文才本就與左芬相匹敵，只是我的文才不如左思而已。」韓蘭英詩風綺麗繁密，很有一些名篇，又擅長談笑。齊武帝曾對韓蘭英說：「假如你和鮑令暉二位淑女生在前代，那麼，班姬的〈自傷賦〉和她的〈怨歌行〉，也不值得誇耀了。」

【附　錄】

鮑令暉　擬青青河畔草

裊裊臨窗軒，藹藹垂門桐。灼灼青軒女，泠泠高堂中。明志逸秋霜，玉顏掩春紅。人生誰不別，恨君早從戎。鳴弦慚夜月，紺黛羞春風。

鮑令暉　擬客從遠方來

客從遠方來，贈我漆鳴琴。木有相思文，弦有別離音。終身執此調，歲寒不改心。願作〈陽春〉曲，宮商長相尋。

韓蘭英　為顏氏賦詩

絲竹猶在御，愁人獨向隅。棄置將已矣，誰憐微薄軀。

齊司徒長史張融　齊詹事孔稚珪

【題　解】張融（西元四四四～四九七年），字思光，吳郡吳（今江蘇蘇州）人。宋時為封谿令。入齊，累遷至司徒右長史。建武四年卒。融為人狂放，文體奇變，原有集多種，已佚。明人輯有《張長史集》。現存詩四首。

孔稚珪（西元四四七～五〇一年），字德璋，會稽山陰（今浙江紹興）人。宋時，為驃騎將軍蕭道成記室參軍。入齊，歷任黃門郎、太子中庶子、廷尉，官至太子詹事，加散騎常侍。為人喜山水，好詩文。原有集，已佚。明人輯有《孔詹事集》。現存詩三首。

思光紆緩誕放❶，縱有乖文體❷，然亦捷疾❸豐饒，差❹不局促。德璋生於封谿❺，而文為雕飾，青於藍❻矣。

【章　旨】此條合評兩位既有親戚關係、又有師弟之誼的詩人：張融、孔稚珪。

【注　釋】❶紆緩誕放　紆曲舒緩，不受規矩約束。《南齊書・劉繪傳》：「（張）融音旨緩韻。」❷有乖文體　指張融文體獨特，不同尋常。乖，違背；不協調。張融《門律・自序》云：「吾文章之體，多為世人所驚。……夫文章豈有常體，但以有體為常，政當使常有其體。」❸捷疾　才思敏捷。❹差　大致上；基本上。❺德璋生

於封谿　張融為孔稚珪外兄，張融為封谿令時，孔稚珪曾從之學詩，故云德璋生於封谿。❻青於藍　青出於藍而勝於藍。比喻學生勝過老師。語出《荀子・勸學》：「青，取之於藍，而青於藍。」藍，藍草。

【語譯】張融的詩節奏從容舒緩，構思放蕩不羈，即使不合乎文體的常規，但思維敏捷而內容豐富，基本上不顯得局促。孔稚珪學詩於張融，而文詞注意雕飾，真是青出於藍而勝於藍了。

【附錄】

張融　別詩

白雲山上盡，清風松下歇。欲識離人悲，孤臺見明月。

孔稚珪　白馬篇

驥子跼且鳴，鐵陣與雲平。漢家嫖姚將，馳突匈奴庭。少年鬥猛氣，怒髮為君征。雄戟摩白日，長劍斷流星。早出飛狐塞，晚泊樓煩城。虜騎四山合，胡塵千里驚。嘶笳振地響，吹角沸天聲。左碎呼韓陣，右破休屠兵。橫行絕漠表，飲馬瀚海清。隴樹枯無色，沙草不常青。勒石燕然道，凱歸長安亭。縣官知我健，四海誰不傾。但使強胡滅，何須甲第成。當今丈夫志，獨為上古英。

孔稚珪　遊太平山

石險天貌分，林交日容缺。陰澗落春榮，寒巖留夏雪。

齊寧朔將軍王融　齊中庶子劉繪

【題　解】王融（西元四六七～四九三年），字元長，琅邪臨沂（今屬山東省）人。少有文才，初舉秀才，累遷太子舍人、寧朔將軍，為「竟陵八友」之一。鬱林王即位，下獄賜死，年二十七。王融精通聲律，與謝朓等同為「永明體」代表作家。原有集，已佚。明人輯有《王寧朔集》。其詩現存八十餘首。清王士禎認為王融應列中品（《漁洋詩話》卷下）。

劉繪（西元四五八～五〇二年），字士章，彭城（今江蘇徐州）人。解褐著作郎，累遷太子中庶子，後轉大司馬從事中郎。中興二年（西元五〇二年）卒。原有集，已佚。現存五言詩八首。

元長、士章，並有盛才❶，詞美英淨。至於五言之作，幾乎尺有所短❷。譬應變將略，非武侯❸所長，未足以貶臥龍❹。

【章　旨】此條評南齊永明（西元四八三～四九三年）時代的兩位詩人：王融、劉繪，他們雖然才華富盛，五言詩卻不擅長。

【注　釋】❶並有盛才　都有富盛的才華。《南齊書・王融傳》：「（融）少而神明警惠，博涉有文才。」又云：「上幸芳林園禊宴朝臣，使融為〈曲水詩序〉，文藻富麗，當世稱之。」《南齊書・劉繪傳》：「永明末，京邑人士盛為文章談義，皆湊竟陵王西邸。繪為後進領袖，機悟多能。」❷尺有所短　語出《楚辭・卜居》：「尺有所短，寸有所長。」比喻事物或人雖然在某一方面有長處，而另一方面則有所欠缺。❸武侯　諸葛亮，封武鄉侯。《三國志・蜀書・諸葛亮傳》：「連年動眾，未能成功。蓋應變將略，非其所長歟！」❹臥龍　指諸葛亮。《三國志・蜀書・諸葛亮傳》：「徐庶謂先主曰：『諸葛孔明，臥龍也。』」

【語　譯】王融、劉繪都有富盛的才華，文詞華美雅淨。至於他們的五言詩作，大抵是他們所不擅長的。這就好比應付突變的謀略不是諸葛亮所長，不能夠因此貶低他一樣。

【附　錄】

王融　採菱曲

炎光銷玉殿，涼風吹鳳樓。雕軺傃平隰，朱棹泊安流。金華妝翠羽，鷁首畫飛舟。荊姬採菱曲，越女江南謳。騰聲翻葉靜，發響谷雲浮。良時時一遇，佳人難再求。

王融　棲玄寺聽講畢遊邸園七韻應司徒教

道勝業玆遠，心閒地能隟。桂橑鬱初裁，蘭墀坦將闢。虛檐對長嶼，高軒臨廣液。芳草列成行，嘉樹紛如積。流風轉還逕，清煙泛喬石。日汩山照紅，松映水華碧。暢哉人外賞，遲遲眷西夕。

劉繪　餞謝文學離夜

汀洲千里芳，朝雲萬里色。悠然在天隅，之子去安極。春潭無與窺，秋臺誰共陟。不見一佳人，徒望西飛翼。

齊僕射江祏　祏弟祀

【題　解】江祏（西元？～四九九年），字弘業，濟陽考城（今河南蘭考）人。永泰元年（西元四九八年），為侍中、中書令，轉右僕射。其弟江祀（西元？～四九九年），字景昌，官至衛尉、侍中。二江因謀廢立，後為東昏侯所殺。詩作皆不傳。

祏詩猗猗❶清潤；弟祀，明靡❷可懷。

【章　旨】此條評江祏及其弟江祀詩。

【注　釋】❶猗猗　形容清麗的樣子。❷明靡　明媚華麗。

【語　譯】江祏的詩清麗圓潤，他的弟弟江祀的詩，明麗華美，令人懷念。

齊記室王巾　齊綏建太守卞彬　齊端溪令卞鑠

【題解】王巾（西元?～五〇五年），字簡棲，琅邪臨沂（今屬山東省）人。有學業，所作〈頭陀寺碑文〉，文詞巧麗，為世所重。起家朔州從事，征南記室，天監四年（西元五〇五年），卒。詩今不傳。

卞彬（西元?～五〇〇年），字士蔚，濟陰冤句（今山東菏澤）人。仕宋為西曹主簿、員外郎。入齊，為南康縣丞，後官至綏建太守，卒於官。彬為人險拔有才，文多刺譏。《南史》、《南齊書》本傳載其自作童謠一首。

卞鑠（生卒年不詳），曾為袁粲主簿。《隋書・經籍志》著錄《卞鑠集》十六卷，已佚。詩亦不存。

王巾、二卞詩，並愛奇嶄絕❶，慕袁彥伯❷之風。雖不宏綽❸，而文體勦淨❹，去平美❺遠矣。

【章旨】本條評三位風格相近的詩人：王巾、卞彬、卞鑠。

【注釋】❶並愛奇嶄絕　明抄本《詩品》「奇」上有「清」字。嶄絕，新奇、不同尋常。❷袁彥伯　袁宏，字彥伯，《詩品》中品評袁宏詩，稱其「鮮明緊健，去凡俗遠矣。」所謂「袁彥伯之風」，當指此而言。❸宏綽　恢宏寬闊。❹勦淨　簡淨。❺平美　平實優美。

【語譯】王中、卞彬、卞鑠的詩，都喜好新奇、不同尋常。他們追慕袁宏的詩風，詩歌的格局雖然不闊大寬宏，但風格卻簡潔明淨，只是離平實優美還很遠。

齊諸暨令袁嘏

【題　解】袁嘏（西元？～四九八年），陳郡（今河南淮陽）人。建武（西元四九四～四九七年）末，為諸暨令，被王敬則所殺。詩今不傳。

嘏詩平平耳，多自謂能。嘗語徐太尉❶云：「我詩有生氣，須人捉著，不爾，便飛去❷。」

【章　旨】此條評袁嘏詩作平平，所記軼事，極為生動。

【注　釋】❶徐太尉　當指徐孝嗣，字始昌，仕齊為尚書右僕射、丹陽尹、開府儀同三司。卒，中興元年（西元五〇一年），贈太尉。沈約有〈齊太尉徐公墓誌銘〉。❷我詩有生氣四句　《南齊書・文學傳》載：「陳郡袁嘏，自重其文。謂人云：『我詩應須大材迮之，不爾飛去。』」與鍾嶸所記小異。

【語　譯】袁嘏的詩作平平無奇，卻很自大，自以為很好。他曾經對徐太尉說：「我的詩有勃勃生氣，得有人抓著，不然，就飛走了。」

齊雍州刺史張欣泰　梁中書郎范縝

【題　解】張欣泰（西元四五六～五〇一年），字義亨，竟陵（今湖北鍾祥）人。宋末辟州主簿，齊建元（西元四七九～四八二年）初，歷官寧朔將軍，累遷尚書都官郎。建武四年（西元四九七年），出為永陽太守，後為雍州刺史。《南齊書》本傳記其「於松樹下飲酒賦詩」，詩今不傳。

范縝（約西元四五〇～五一五年），字子真，南鄉舞陰（今河南泌陽西北）人，范雲從兄。孤貧好學，博通經術。齊時，任尚書殿中郎，後為宜都太守。入梁，任晉安太守，遷尚書左丞，因故流徙廣州，後召還，為中書郎、國子博士。原有集，已佚。其詩今存一首。

欣泰、子真，並希古勝文❶，鄙薄俗製，賞心流亮❷，不失雅宗。

【章　旨】本條評兩位有著相同詩學追求的詩人：張欣泰、范縝。

【注　釋】❶希古勝文　追求質樸，超過追求文采。按：范縝詩作僅存〈擬招隱士〉一首，風格古雅，與鍾嶸所評正合。❷流亮　通「瀏亮」。流暢明朗。

【語　譯】張欣泰、范縝，都追求質樸，超過追求文采。他們鄙視社會上流行的那些作品，欣賞流暢明朗的風格，可說不失古雅的傳統。

齊秀才陸厥

【題　解】陸厥（西元四七二～四九九年），字韓卿，吳郡吳（今江蘇蘇州）人。少有文才，永明九年（西元四九一年）舉州秀才，遷後軍行參軍。後因悲慟其父被誅而卒，年二十八。其五言詩體甚新奇，亦善持論，在聲病說上與沈約觀點相左。原有集，已佚。今存五言詩十二首，多為樂府詩。

觀厥文緯❶，具識文之情狀❷。自製未優，非言之失也。

【章　旨】本條評陸厥詩，認為其詩作不及其詩論。

【注　釋】❶文緯　陳延傑《詩品注》：「文緯乃言理者，或即指厥〈與沈約論宮商書〉。」許文雨《鍾嶸詩品講疏》認為「文緯」指「陸厥評論文學之書」，已佚。❷具識文之情狀　此句原作「具識丈夫之情狀」，不可解，據《格致叢書》本改。錢鍾書認為：「『丈夫』二字必誤，疑『丈』乃『文』之訛，後世不察其訛，而又不解其意，遂增『夫』字足之。」（《管錐編》第四冊，頁一四二〇）

【語　譯】從陸厥有關文理音韻的言論來看，他完全了解詩歌創作的情況。他自己的詩作並不很好，但這不是說他持論有錯。

【附錄】

蒲阪行

江南風已春，河間柳已把。雁反無南書，寸心何由寫。流泊祁連山，飄颻高闕下。

梁常侍虞羲　梁建陽令江洪

【題　解】虞羲（生卒年不詳），字子陽（一說字士光），會稽餘姚（今屬浙江省）人。齊時，為始安王侍郎，兼建安征虜府主簿功曹，又兼記室參軍事。梁時，任晉安王侍郎。天監中卒。原有集，已佚。今存五言詩十三首。

江洪（生卒年不詳），濟陽（今河南蘭考）人，善屬文。為建陽令，坐事死。洪能詩，有捷才。原有集，已佚。今存五言詩十八首。

子陽詩奇句清拔❶，謝朓嘗嗟頌之。洪雖無多，亦能自迥出。

【章　旨】此條評梁代兩位詩風相近的詩人：虞羲、江洪。

【注　釋】❶清拔　清勁秀拔。許文雨《鍾嶸詩品講疏》：「史稱吳均文體清拔有古氣，好事者或學之，謂為吳均體，《梁書》及《南史》並以江洪附〈吳均傳〉，殆以江洪為學吳均體者，此仲偉所以以迥拔目洪詩歟！」胡應麟《詩藪》外編卷二曰：「虞子陽〈北伐〉，大有建安風骨。」

【語　譯】虞羲的詩奇句清勁秀拔，謝朓曾經讚嘆過。江洪的詩雖然不多，但自有其獨特之處。

【附　錄】

虞羲　詠霍將軍北伐詩

擁旄為漢將，汗馬出長城。長城地勢險，萬里與雲平。涼秋八九月，虜騎入幽并。飛狐白日晚，瀚海愁陰生。羽書時斷絕，刁斗晝夜驚。乘墉揮寶劍，蔽日引高旍。雲屯七萃士，魚麗六郡兵。胡笳關下思，羌笛隴頭鳴。骨都先自讋，日逐次亡精。玉門罷斥候，甲第始修營。位登萬庾積，功立百行成。天長地自久，人道有虧盈。未窮激楚樂，已見高臺傾。當令麟閣上，千載有雄名。

江洪　詠荷

澤陂有微草，能花復能實。碧葉喜翻風，紅英宜照日。移居玉池上，託根庶非失。如何霜露交，應與飛蓬匹。

梁步兵鮑行卿　梁晉陵令孫察

【題解】鮑行卿（生卒年不詳），以博學大才稱。官後軍臨川王錄事，兼中書舍人，遷步兵校尉。好作韻語。原有集，已佚。詩作今已不存。

孫察（生卒年不詳），生平不詳。詩亦不傳。

行卿少年，甚擅風謠❶之美。察最幽微❷，而感賞至到❸耳。

【章旨】此條評兩位梁代詩人：鮑行卿、孫察。

【注釋】❶風謠　樂府歌謠。❷幽微　深入細微。❸至到　最為深刻。至，極；最。

【語譯】鮑行卿少年風發，很擅長寫作樂府歌謠。孫察最能體察入微，感悟和鑑賞作品最為深到。

附錄

南史・鍾嶸傳

鍾嶸字仲偉，潁川長社人，晉侍中雅七世孫也。父蹈，齊中軍參軍。

嶸與兄岏、弟嶼並好學，有思理。嶸，齊永明中為國子生，明《周易》。衛將軍王儉領祭酒，頗賞接之。建武初，為南康王侍郎。時齊明帝躬親細務，綱目亦密，於是郡縣及六署九府常行職事，莫不爭自啟聞，取決詔敕。文武勳舊皆不歸選部，於是憑勢互相通進，人君之務，粗為繁密。嶸乃上書言：「古者明君揆才頒政，量能授職，三公坐而論道，九卿作而成務，天子可恭己南面而已。」書奏，上不懌，謂太中大夫顧暠曰：「鍾嶸何人，欲斷朕機務，卿識之不？」答曰：「嶸雖位末名卑，而所言或有可採。且繁碎職事，各有司存，今人主總而親之，是人主愈勞而人臣愈逸，所謂代庖人宰而為大匠斲也。」上不顧而他言。

永元末，除司徒行參軍。梁天監初，制度雖革，而未能盡改前弊。嶸上言曰：「永元肇亂，坐弄天爵，勳非即戎，官以賄就。揮一金而取九利，寄片札以招六校。騎都塞市，郎將填街。服既纓組，尚為臧獲之事；職雖黃散，猶躬胥徒之役。名實淆紊，茲焉莫甚。臣愚謂永元諸軍官是素族士人，自有清貫，而因斯受爵，一宜削除，以懲澆競。若吏姓寒人，聽極其門品，不當因軍遂濫清級。若僑雜傖楚，應在綏撫，正宜嚴斷祿力，絕其妨正，直乞虛號而已。」敕付尚書行之。

衡陽王元簡出守會稽，引為寧朔記室，專掌文翰。時居士何胤築室若邪山，山發洪水，漂拔樹石，此室獨存。元簡令嶸作〈瑞室頌〉以旌表之，辭甚典麗。遷西中郎晉安王記室。

嶸嘗求譽於沈約，約拒之。及約卒，嶸品古今詩為評，言其優劣，云：「觀休文眾製，五言最優。齊永明中，相王愛文，王元長等皆宗附約。於時謝朓未遒，江淹才盡，范雲名級又微，故稱獨步。故當辭密於范，意淺於江。」蓋追宿憾，以此報約也。頃之卒官。

岏字長丘，位建康令，卒。著《良吏傳》十卷。

嶼字季望，永嘉郡丞。

古籍今注新譯叢書

【哲學類】

新譯四書讀本　謝冰瑩、邱燮友等編譯
新譯學庸讀本　王澤應注譯
新譯論語新編解義　胡楚生編著
新譯孝經讀本　賴炎元、黃俊郎注譯
新譯易經讀本　郭建勳注譯　黃俊郎校閱
新譯周易六十四卦
經傳通釋　黃慶萱注譯
新譯乾坤經傳通釋　黃慶萱注譯
新譯易經繫辭傳解義　吳　怡著
新譯禮記讀本　姜義華注譯　黃俊郎校閱
新譯儀禮讀本　顧寶田、鄭淑媛注譯　黃俊郎校閱
新譯孔子家語　羊春秋注譯　周鳳五校閱
新譯老子讀本　余培林注譯
新譯帛書老子　趙　鋒注譯
新譯老子解義　吳　怡著
新譯莊子讀本　黃錦鋐注譯
新譯莊子讀本　張松輝注譯
新譯莊子本義　水渭松注譯
新譯莊子內篇解義　吳　怡著
新譯列子讀本　莊萬壽注譯

新譯管子讀本　湯孝純注譯　李振興校閱
新譯墨子讀本　李生龍注譯　李振興校閱
新譯公孫龍子　丁成泉注譯　黃志民校閱
新譯晏子春秋　陶梅生注譯　葉國良校閱
新譯鄧析子　徐忠良注譯　劉福增校閱
新譯荀子讀本　王忠林注譯
新譯尹文子　徐忠良注譯　黃俊郎校閱
新譯尸子讀本　水渭松注譯　陳滿銘校閱
新譯鶡冠子　趙鵬團注譯
新譯鬼谷子　王德華等注譯
新譯韓非子　賴炎元、傅武光注譯
新譯呂氏春秋　朱永嘉、蕭　木注譯　黃志民校閱
新譯韓詩外傳　孫立堯注譯
新譯淮南子　熊禮匯注譯　侯迺慧校閱
新譯春秋繁露　朱永嘉、王知常注譯
新譯新書讀本　饒東原注譯　黃沛榮校閱
新譯新語讀本　王　毅注譯　黃俊郎校閱
新譯潛夫論　彭丙成注譯　陳滿銘校閱
新譯論衡讀本　蔡鎮楚注譯　周鳳五校閱
新譯申鑒讀本　林家驪、周明初注譯　周鳳五校閱
新譯人物志　吳家駒注譯　黃志民校閱
新譯張載文選　張金泉注譯
新譯近思錄　張京華注譯
新譯傳習錄　李生龍注譯
新譯呻吟語摘　鄧子勉注譯

新譯嵇中散集　崔富章注譯　莊耀郎校閱
新譯陸機詩文集　王德華注譯
新譯陶淵明集　溫洪隆注譯　齊益壽校閱
新譯江淹集　羅立乾、李開金注譯
新譯庾信詩文選　歸　青注譯
新譯初唐四傑詩集　李福標注譯
新譯駱賓王文集　黃清泉注譯　陳全得校閱
新譯王維詩文集　陳鐵民注譯
新譯孟浩然詩集　楊　軍注譯
新譯李白詩全集　郁賢皓注譯
新譯李白文集　郁賢皓注譯
新譯杜甫詩選　張忠綱、趙睿才、綦　維注譯
新譯杜詩菁華　林繼中注譯
新譯高適岑參詩選　孫欽善、陳鐵民注譯
新譯昌黎先生文集　周啟成等注譯　陳滿銘等校閱
新譯劉禹錫詩文選　閻　琦注譯
新譯柳宗元文選　卞孝萱、朱崇才注譯
新譯白居易詩文選　陶　敏、魯　茜注譯
新譯元稹詩文選　郭自虎注譯
新譯李賀詩集　彭國忠注譯
新譯杜牧詩文集　張松輝注譯　陳全得校閱
新譯李商隱詩選　朱恒夫、姚　蓉等注譯
新譯范文正公選集　沈松勤、王興華注譯　葉國良校閱
新譯蘇洵文選　羅立剛注譯
新譯蘇軾文選　滕志賢注譯
新譯蘇軾詞選　鄧子勉注譯
新譯蘇轍文選　朱　剛注譯
新譯曾鞏文選　高克勤注譯
新譯王安石文選　沈松勤注譯
新譯唐宋八大家文選　鄧子勉注譯
新譯柳永詞集　侯孝瓊注譯
新譯李清照集　姜漢椿等注譯
新譯陸游詩文集　韓立平注譯　彭國忠校閱
新譯辛棄疾詞選　聶安福注譯
新譯歸有光文選　鄔國平注譯
新譯唐順之詩文選　馬美信注譯
新譯徐渭詩文選　周　群等注譯
新譯薑齋文集　平慧善注譯　周鳳五校閱
新譯顧亭林文集　劉九洲注譯　黃俊郎校閱
新譯納蘭性德詞　馮　乾注譯
新譯方苞文選　鄔國平等注譯
新譯鄭板橋集　朱崇才注譯
新譯袁枚詩文選　王英志注譯
新譯李慈銘詩文選　潘靜如注譯
新譯聊齋誌異選　任篤行等注譯　袁世碩校閱
新譯閱微草堂筆記　嚴文儒注譯
新譯浮生六記　馬美信注譯
新譯弘一大師詩詞全編　徐正綸編著

【歷史類】

新譯史記　韓兆琦注譯
新譯漢書　吳榮曾等注譯
新譯後漢書　魏連科等注譯
新譯三國志　吳樹平等注譯
新譯資治通鑑　張大可、韓兆琦等注譯
新譯史記—名篇精選　韓兆琦注譯
新譯尚書讀本　吳　璵注譯
新譯尚書讀本　郭建勳注譯
新譯周禮讀本　賀友齡注譯
新譯逸周書　牛鴻恩注譯
新譯左傳讀本　郁賢皓等注譯　傅武光校閱
新譯公羊傳　雪　克注譯　周鳳五校閱
新譯穀梁傳　顧寶田注譯　葉國良校閱
新譯春秋穀梁傳　周　何注譯
新譯戰國策　溫洪隆注譯　陳滿銘校閱
新譯國語讀本　易中天注譯　侯迺慧校閱
新譯說苑讀本　左松超注譯
新譯說苑讀本　羅少卿注譯　周鳳五校閱
新譯新序讀本　葉幼明注譯　黃沛榮校閱
新譯吳越春秋　黃仁生注譯　李振興校閱
新譯西京雜記　曹海東注譯　李振興校閱
新譯列女傳　黃清泉注譯　陳滿銘校閱
新譯越絕書　劉建國注譯　黃俊郎校閱
新譯燕丹子　曹海東注譯　李振興校閱
新譯東萊博議　李振興、簡宗梧注譯
新譯唐六典　朱永嘉、蕭　木注譯
新譯唐摭言　姜漢椿注譯

宗教類

新譯金剛經　徐興無注譯　侯迺慧校閱
新譯高僧傳　朱恒夫、王學均等注譯　潘栢世校閱
新譯碧巖集　吳　平注譯
新譯百喻經　顧寶田注譯
新譯楞嚴經　賴永海、楊維中注譯
新譯梵網經　王建光注譯
新譯圓覺經　商海鋒注譯
新譯法句經　劉學軍注譯
新譯六祖壇經　李中華注譯　丁　敏校閱
新譯禪林寶訓　李中華注譯　潘栢世校閱
新譯維摩詰經　陳引馳、林曉光注譯
新譯經律異相　顏洽茂注譯
新譯阿彌陀經　蘇樹華注譯
新譯無量壽經　邱高興注譯
新譯無量壽經　蘇樹華注譯
新譯妙法蓮華經　張松輝注譯　丁　敏校閱
新譯景德傳燈錄　顧宏義注譯
新譯大乘起信論　韓廷傑注譯　潘栢世校閱
新譯釋禪波羅蜜　蘇樹華注譯
新譯八識規矩頌　倪梁康注譯
新譯永嘉大師證道歌　蔣九愚注譯
新譯華嚴經入法界品　楊維中注譯
新譯地藏菩薩本願經　李承貴注譯

新譯悟真篇　劉國樑、連　遙注譯
新譯无能子　張松輝注譯
新譯坐忘論　張松輝注譯
新譯列仙傳　張金嶺注譯　陳滿銘校閱
新譯抱朴子　李中華注譯　黃志民校閱
新譯神仙傳　周啟成注譯
新譯性命圭旨　傅鳳英注譯
新譯老子想爾注　顧寶田、張忠利注譯　傅武光校閱
新譯周易參同契　劉國樑注譯　黃沛榮校閱
新譯道門觀心經　王　卡注譯　黃志民校閱
新譯養性延命錄　曾召南注譯　劉正浩校閱
新譯樂育堂語錄　戈國龍注譯
新譯冲虛至德真經　張松輝注譯　周鳳五校閱
新譯長春真人西遊記　顧寶田等注譯
新譯黃庭經・陰符經　劉連朋等注譯

【軍事類】

新譯司馬法　王雲路注譯
新譯尉繚子　張金泉注譯
新譯三略讀本　傅　傑注譯
新譯六韜讀本　鄔錫非注譯
新譯吳子讀本　王雲路注譯
新譯孫子讀本　吳仁傑注譯
新譯李衛公問對　鄔錫非注譯

【教育類】

新譯爾雅讀本　陳建初等注譯
新譯顏氏家訓　李振興、黃沛榮等注譯
新譯聰訓齋語　馮保善注譯
新譯曾文正公家書　湯孝純注譯　李振興校閱
新譯三字經　黃沛榮注譯
新譯百家姓　馬自毅、顧宏義注譯
新譯幼學瓊林　馬自毅注譯　陳滿銘校閱
新譯增廣賢文・千字文　馬自毅注譯　李清筠校閱
新譯格言聯璧　馬自毅注譯

【政事類】

新譯商君書　貝遠辰注譯　陳滿銘校閱
新譯鹽鐵論　盧烈紅注譯　黃志民校閱
新譯貞觀政要　許道勳注譯　陳滿銘校閱

【地志類】

新譯山海經　楊錫彭注譯
新譯水經注　陳橋驛、葉光庭注譯
新譯佛國記　楊維中注譯
新譯大唐西域記　陳　飛、凡　評注譯　黃俊郎校閱
新譯洛陽伽藍記　劉九洲注譯　侯迺慧校閱
新譯徐霞客遊記　黃　珅注譯　黃志民校閱
新譯東京夢華錄　嚴文儒注譯　侯迺慧校閱

◎新譯阮籍詩文集

林家驪／注譯
簡宗梧、李清筠／校閱

阮籍是魏晉之際著名的文學家與思想家，其詩與文皆有很高的成就，不過因阮籍身處亂世，動輒得咎，故其作品有一定的閱讀困難。本書是阮籍詩文的第一本全注全譯本，在繼承歷代學者的研究成果上，進一步逐篇題解、注釋、語譯和評析，以幫助讀者可以看懂原著，進而欣賞其文采，領略其要義。

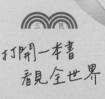